LETTRES

SUR

LA RHÉTORIQUE.

COMPIÈGNE,
IMPRIMERIE DE JULES ESCUYER.

LETTRES

SUR

LA RHÉTORIQUE,

DÉDIÉES

A MLLE BLANCHE DE L'AIGLE,

Par A. CARBON,

Ancien Elève de l'Ecole Polytechnique.

PARIS,

CHEZ DONDEY-DUPRÉ, PÈRE ET FILS,

Imp.-Lib., rue de Richelieu, n° 47 (bis),
Et rue Saint-Louis, n° 46, au Marais,

1826.

A MADEMOISELLE
BLANCHE DE L'AIGLE.

M<small>ADEMOISELLE</small>,

L'<small>ACCUEIL</small> obligeant que vous avez fait à ces Lettres, m'engage à les présenter au public. Puisse-t-il avoir pour elles autant d'indulgence que vous en avez eu !

Daignez les agréer, Mademoiselle, et comme un

tribut qu'il me tardoit de payer à des qualités que votre modestie cache avec trop de soin, et comme un témoignage de ma reconnoissance envers votre famille.

Votre très-humble
et très-obéissant serviteur,

A. CARBON.

LETTRES

sur

LA RHÉTORIQUE.

LETTRE I.

MADEMOISELLE,

PLUS je revois les notes que vous avez daigné me demander, plus je m'aperçois qu'elles ne méritent pas de vous être présentées. Cependant, le désir de vous être agréable m'a fait oublier leur foiblesse; et, plein de confiance dans votre indulgence ordinaire, je me décide à les mettre sous vos yeux. J'ai cru que le meilleur moyen de le faire, étoit de vous les envoyer dans des lettres. Cette méthode, que j'ai adoptée parce qu'elle semble exiger moins de perfection que toute autre, aura de plus l'avantage de ne pas fatiguer votre attention, en vous offrant séparément ce qui se rapporte au même sujet.

La Rhétorique est l'art de bien dire. Elle se compose d'une suite de préceptes qui indiquent ce que l'on doit faire pour bien écrire et pour bien parler. Ces préceptes ne sont d'ailleurs que des observations que l'on a faites en examinant les meilleurs ouvrages, et comme ils se trouvent toujours accompagnés de quelques passages que l'on donne pour exemples, vous voyez déjà qu'il doit être plus amusant que pénible de les étudier.

Ceux qui les établissoient ou qui les enseignoient, portoient, chez les anciens, le nom de Rhéteurs. Parmi nous, ce mot ne se prend plus ordinairement qu'en mauvaise part : il se dit alors d'un orateur qui n'a pas d'éloquence naturelle, et qui emploie en vain tous les secours de la rhétorique pour y suppléer. En supposant que vous lui prêtiez sa première signification, rappelez-vous toujours que ces lettres ne sont pas

Les leçons qu'un rhéteur savant
Peut donner sur la rhétorique ;
Mais quelques notes qu'en tremblant
Un écolier vous communique.

Les remarques et les exemples que vous y

trouverez, servent à développer et à diriger les talents que nous a donnés la nature. Ils ne sauroient la remplacer, il est vrai; mais ils peuvent l'embellir : de-là vient qu'ils sont très-utiles à tout le monde, et surtout à ceux qu'elle n'a pas traités assez favorablement. On cherche alors à tirer quelque fruit d'un terrain peu fertile, en le cultivant avec soin.

C'étoit dans cette intention, Mademoiselle, que je me livrois à l'étude de la rhétorique ; et je n'aurois pas osé croire que des notes recueillies pour mon instruction, seroient le sujet de cette correspondance. Elle est si flatteuse pour moi, que je me trouverois très-heureux de l'avoir commencée, si je ne craignois pas qu'elle ne fût au-dessus de mes forces. Veuillez du moins être persuadée que je ne négligerai rien pour me rendre digne de l'honneur que vous me faites.

Daignez agréer, Mademoiselle, l'hommage respectueux de votre très-humble et très-obéissant serviteur.

LETTRE II.

DE L'INVENTION ET DE LA DÉFINITION.

———

Lorsque vous écrivez une lettre, vous laissez courir votre plume, et les plus jolies idées se trouvent exprimées de la manière la plus heureuse. Il n'est pas aussi facile en général de composer un ouvrage : il faut d'abord chercher tout ce que l'on pourra dire sur le sujet que l'on traite, mettre ensuite ce qu'on a trouvé dans l'ordre le plus convenable, et essayer enfin de donner un tour agréable à l'expression de ses pensées.

La première partie de ce travail se nomme Invention. Comme elle n'est pas la moins pénible, on recommande à ceux qui s'en occupent, de ne pas oublier qu'ils peuvent trouver quelques secours dans l'étude des lieux communs. On appelle ainsi des moyens généraux que les écrivains emploient pour tirer parti de leurs sujets. Il y en a de deux espèces : les lieux intérieurs, et les lieux extérieurs. Les uns sont des ressources qui se présentent dans le sujet lui-même ; les autres sont celles que l'on va chercher hors de ce sujet.

Les principaux lieux intérieurs sont au nombre de cinq : la Définition, l'Enumération des parties, la Similitude, la Dissimilitude, et les Circonstances.

Le premier est un de ceux dont on se sert le plus fréquemment. Il consiste à détailler les principaux attributs d'une chose dont on parle.

La Fontaine, par exemple, termine ainsi la fable des Deux Amis :

Qu'un ami véritable est une douce chose !
Il cherche nos besoins au fond de notre cœur ;
    Il nous épargne la pudeur
    De les lui découvrir nous-même :
    Un songe, un rien, tout lui fait peur
    Quand il s'agit de ce qu'il aime.

Il vous sera facile de trouver des définitions de l'amitié plus longues que celle-ci ; mais je doute qu'il y en ait où ce sentiment soit mieux défini.

Le même poëte, dans une nouvelle intitulée *Belphégor,* après avoir dit que la principale cause de la ruine de ce seigneur étoit son intendant, ajoute :

    Un Intendant ! qu'est-ce que cette chose ?
    Je définis cet être un animal

Qui, comme on dit, sait pêcher en eau trouble;
Et plus le bien de son maître va mal,
Plus le sien croît, plus son profit redouble;
Tant qu'aisément lui-même achèteroit
Ce qui de net au seigneur resteroit :
Dont par raison bien c^{ue}dûment déduite,
On pourroit voir chaque chose réduite
En son état, s'il arrivoit qu'un jour
L'autre devînt l'intendant à son tour;
Car regagnant ce qu'il eut étant maître,
Ils reprendroient tous deux leur premier être.

Vous voyez que le poëte n'a pas cherché à faire l'éloge des intendants. Cela n'est pas étonnant : un homme dont l'insouciance sur ses affaires étoit si grande, que deux femmes furent obligées de se charger de ses finances et même de sa garde-robe, ne devoit pas aimer ceux qui s'enrichissent trop promptement.

Les vers que Voltaire adressa à madame de Flammarens, renferment deux définitions charmantes de la mode et du mérite.

A MADAME DE FLAMMARENS,

Qui avait brûlé son manchon parce qu'il n'était plus à la mode.

———

Il est une déesse inconstante, incommode,
Bizarre dans ses goûts, folle en ses ornements,
Qui paraît, fuit, revient, et naît en tous les temps :

Protée était son père, et son nom est *la mode.*
Il est un dieu charmant, son modeste rival,
Toujours nouveau comme elle, et jamais inégal,
Vif sans emportement, sage sans artifice :
Ce dieu, c'est *le mérite.* On l'adore dans vous.
Mais le mérite enfin peut avoir un caprice;
Et ce dieu si prudent, que nous admirons tous,
A la mode à son tour a fait un sacrifice.

Les orateurs se servent aussi très-souvent de la définition. Massillon, dans le sermon sur le pardon des offenses, après avoir prouvé que nos haines sont presque toujours injustes, fait sentir qu'elles deviennent pour nous un supplice.

« Votre haine envers votre frère rend-elle votre condition meilleure ? Que vous revient-il de votre animosité et de votre amertume? Vous vous consolez, dites-vous, en le haïssant; et c'est la seule consolation qui vous reste. Quelle consolation, grand Dieu, que celle de la haine, c'est-à-dire, d'une passion noire et violente qui déchire le cœur, qui répand le trouble et la tristesse au-dedans de nous-mêmes, et qui commence par nous punir et nous rendre malheureux ! Quel plaisir cruel que celui de haïr, c'est-à-dire, de porter sur le cœur un poids d'amertume qui empoisonne tout le reste de la vie ! Quelle manière barbare de se consoler ! et n'êtes-vous pas à plaindre de chercher à vos maux une ressource qui ne fait qu'éterniser par la haine une offense passagère? »

Ces différents exemples indiquent la manière

dont il faut définir, lorsqu'on emploie la définition
comme lieu commun ; c'est-à-dire, qu'on doit ne
s'attacher qu'aux caractères principaux, et les présenter sous des couleurs convenables. L'éloquence
et la poésie cherchent toujours à embellir ; et la
précision, qui est nécessaire en logique, seroit ici
déplacée. Quelquefois, cependant, la nature du
sujet exige que la définition soit précise ; on
recommande alors de lui donner cette qualité.

On peut citer comme un excellent exemple de
précision, les deux vers suivants, dans lesquels
Voltaire a défini très-heureusement un des principaux mystères de notre Religion :

La puissance, l'amour avec l'intelligence,
Unis et divisés, composent son essence.

⚇⚇⚇

LETTRE III.

DE L'ENUMÉRATION DES PARTIES.

———

Ce lieu commun ne consiste plus à faire le détail
des principaux attributs d'une chose ; mais à exposer les parties qui composent un tout. Vous allez
en voir un exemple charmant que j'ai pris dans
une des fables de La Fontaine qui vous plaisent
le plus :

Perrette, ayant un pot au lait sur la tête, s'en
alloit à grands pas à la ville, et comptoit déjà dans
sa pensée

Tout le prix de son lait ; en employoit l'argent ;
Achetoit un cent d'œufs ; faisoit triple couvée :
La chose alloit à bien par son soin diligent.
    Il m'est, disoit-elle, facile
D'élever des poulets autour de ma maison ;
    Le renard sera bien habile
S'il ne m'en laisse assez pour avoir un cochon.

Le porc à s'engraisser coûtera peu de son;
Il étoit, quand je l'eus, de grosseur raisonnable:
J'aurai, le revendant, de l'argent bel et bon.
Et qui m'empêchera de mettre en notre étable,
Vu le prix dont il est, une vache et son veau,
Que je verrai sauter au milieu du troupeau?
Perrette là-dessus saute aussi, transportée:
Le lait tombe; adieu veau, vache, cochon, couvée.

Les commentateurs admirent, comme vous, le
naturel des espérances dont cette pauvre Perrette
aime à se bercer, et dont les détails répondent très-
bien au début le plus gracieux. Il étoit impossible
de présenter plus agréablement une vérité qui
subsistera aussi long-temps que l'espérance:
quoique l'expérience vienne chaque jour dissiper
nos illusions,

> Toujours on battra la campagne,
> Et l'on fera toujours des châteaux en Espagne.

Il est si doux de rêver qu'on est heureux!

Madame de Sévigné, dans une lettre à madame
de Grignan, se sert aussi de l'énumération des
parties: elle veut montrer à cette fille chérie combien
elle est affligée de son absence:

« Je m'en vais dans un lieu où je penserai à vous sans
cesse, et peut-être trop tendrement. Il est bien difficile
que je revoie ce lieu, ce jardin, ces allées, ce petit pont,

cette avenue, cette prairie , ce moulin , cette petite vue , cette forêt , sans penser à ma très-chère enfant. »

Puisse madame votre mère n'avoir jamais à exprimer de semblables regrets ! Puissiez-vous n'être jamais enlevée à une famille qui mérite si bien le bonheur dont elle a joui jusqu'à présent !

On emploie très-souvent le même lieu commun pour montrer une vérité dans tout son jour, en exposant avec soin tout ce qui peut la mettre en évidence.

Les chœurs d'Athalie et d'Esther en renferment plusieurs exemples, parmi lesquels j'en choisirai deux. Voici le premier : c'est l'énumération des bienfaits de Dieu.

TOUT LE CHŒUR.

Tout l'univers est plein de sa magnificence;
Qu'on l'adore , ce Dieu; qu'on l'invoque à jamais :
Son empire a des temps précédé la naissance :
 Chantons , publions ses bienfaits.

UNE ISRAÉLITE.

Il donne aux fleurs leur aimable peinture :
 Il fait naître et mûrir les fruits;
 Il leur dispense avec mesure
Et la chaleur des jours et la fraîcheur des nuits :
Le champ qui les reçut , les rend avec usure.

UNE AUTRE.

Il commande au soleil d'animer la nature,
Et la lumière est un don de ses mains :
Mais sa loi sainte, sa loi pure,
Est le plus riche don qu'il ait fait aux humains.

Le second exemple est tiré du second chœur
de la tragédie d'Esther : c'est l'énumération de tous
les biens qu'un bon roi répand sur ses sujets.

UNE ISRAÉLITE.

Que le peuple est heureux,
Lorsqu'un roi généreux,
Craint dans tout l'univers, veut encore qu'on l'aime !
Heureux le peuple ! heureux le roi lui-même !

UNE AUTRE.

D'un souffle l'aquilon écarte les nuages,
Et chasse au loin la foudre et les orages :
Un roi sage, ennemi du langage menteur,
Ecarte d'un regard le perfide imposteur.

UNE AUTRE.

J'admire un roi victorieux,
Que sa valeur conduit triomphant en tous lieux :
Mais un roi sage et qui hait l'injustice,
Qui, sous la loi du riche impérieux,
Ne souffre point que le pauvre gémisse,
Est le plus beau présent des cieux.

UNE AUTRE.

La veuve en sa défense espère ;

UNE AUTRE.

De l'orphelin il est le père;

TOUTES ENSEMBLE.

Et les larmes du juste implorant son appui
Sont précieuses devant lui.

Si vous vouliez un modèle d'énumération oratoire, vous pourriez prendre le tableau des évènements divers qui ont partagé la vie de la Reine d'Angleterre. Il se trouve dans l'exorde de l'oraison funèbre de cette princesse, par Bossuet. Tout cet exorde est d'ailleurs un des plus beaux que nous ayons.

Ce que l'on recommande le plus dans les énumérations, c'est de ne pas les affoiblir en les délayant, et de ne descendre jamais dans des détails inutiles.

LETTRE IV.

DE LA SIMILITUDE.

L'ÉNUMÉRATION des parties n'est pas le seul moyen que l'on puisse employer pour rendre une vérité plus claire et plus sensible. On y parvient encore en établissant des rapports entre elle et d'autres vérités reconnues ; c'est même en cela que consiste la Similitude. Le passage suivant, dans lequel Bourdaloue prouve la nécessité d'une intelligence suprême, en est un très-bel exemple :

« Le monde croit qu'un état ne peut être bien gouverné que par la sagesse d'un prince ; qu'une maison ne peut exister sans la vigilance et l'économie d'un père ; il croit qu'un vaisseau ne peut être bien conduit sans l'attention et l'habileté d'un pilote ; et quand il voit ce vaisseau voguer en pleine mer, cette famille bien réglée, ce royaume dans l'ordre et dans la paix, il conclut sans hésiter qu'il y a un esprit et une intelligence qui y préside ; mais il prétend raisonner tout autrement à l'égard du monde entier, et il

veut que, sans providence, sans prudence, sans intelligence, par un effet du hasard, ce grand et vaste univers
se maintienne dans l'ordre où nous le voyons. N'est-ce pas
aller contre ses propres lumières, et contredire sa raison?»

Lorsque l'on se sert ainsi de la similitude, il faut
que les rapports soient justes et directs, parce que
s'il en étoit autrement, on ne pourroit plus en tirer
aucune conclusion. Quand ce lieu commun n'est
plus qu'un ornement, on n'exige pas la même
exactitude ; pourvu qu'il y ait quelques rapports
entre les choses que l'on compare, cela suffit pour
qu'on puisse l'employer. C'est ce qui arrive toujours
dans la poésie, qui ne se prêteroit pas à la manière
rigoureuse et méthodique que vous avez dû remarquer dans le passage que vous venez de lire.

Les stances de Voltaire offrent deux exemples de
ce nouvel emploi de la similitude. Les premières
sont adressées au Président Hénault, à qui l'auteur
envoyoit le manuscrit de Mérope.

> Lorsqu'à la ville un solitaire envoie
> Des fruits nouveaux, honneur de ses jardins,
> Nés sous ses yeux et plantés de ses mains,
> Il les croit bons, et prétend qu'on le croie.
>
> Quand un auteur, de son œuvre entêté,
> Modestement vous en fait une offrande,
> Que veut de vous sa fausse humilité?
> C'est de l'encens que son orgueil demande.

Las ! je suis loin de tant de vanité.
A tous ces traits gardez de reconnaître
Ce qui par moi vous sera présenté :
C'est un tribut, et je l'offre à mon maître.

Quoiqu'en dise ici Voltaire, il est certainement
bien des auteurs qui n'ont pas l'orgueil de vouloir
de l'encens ; et s'il y en a peu qui soient insensibles
à quelques propos flatteurs, on doit leur pardonner
aisément ce petit grain de vanité ; car ils paient
bien cher les éloges qu'ils reçoivent.

Voici les autres stances. Elles sont adressées à
une dame de Genève qui s'étonnoit que l'auteur
pût encore faire des vers à soixante-dix ans.

Hé quoi ! vous êtes étonnée
Qu'au bout de quatre-vingts hivers
Ma muse faible et surannée
Puisse encor fredonner des vers ?

Quelquefois un peu de verdure
Rit sous les glaçons de nos champs;
Elle console la nature,
Mais elle sèche en peu de temps.

Un oiseau peut se faire entendre
Après la saison des beaux jours ;
Mais sa voix n'a plus rien de tendre,
Il ne chante plus ses amours.

Ainsi je touche encor ma lyre
Qui n'obéit plus à mes doigts;

Ainsi j'essaie encor ma voix,
Au moment même qu'elle expire.

Ces stances pleines de grâce et de fraîcheur, ne se sentent en rien du froid de la vieillesse. L'idée qu'elles expriment est cependant trop vraie. Les muses, en général, abandonnent les cheveux blancs, et l'exemple de J. B. Rousseau est une preuve frappante de cette triste vérité. Quelle distance, en effet, des dernières odes de ce poëte aux odes *à la fortune, au comte du Luc, à M. de Grimani;* de ses dernières cantates, à celles de *Bacchus* et de *Circé !*

LETTRE V.

DE LA DISSIMILITUDE.

———

Le nom de ce lieu commun vous indique qu'il est tout différent du précédent. Il consiste, en effet, à faire ressortir une vérité, en présentant des différences.

Dans la tragédie de Britannicus. Burrhus, pour faire renoncer Néron au dessein qu'il avoit conçu d'assassiner son rival, oppose le malheur d'un tyran au bonheur d'un roi qui règne par la clémence.

> Si de tous vos flatteurs vous suivez la maxime,
> Il vous faudra, seigneur, courir de crime en crime,
> Soutenir vos rigueurs par d'autres cruautés,
> Et laver dans le sang vos bras ensanglantés.
> Britannicus mourant excitera le zèle
> De ses amis, tout prêts à prendre sa querelle.
> Ces vengeurs trouveront de nouveaux défenseurs,
> Qui, même après leur mort, auront des successeurs:
> Vous allumez un feu qui ne pourra s'éteindre.

Craint de tout l'univers, il vous faudra tout craindre,
Toujours punir, toujours trembler dans vos projets,
Et pour vos ennemis compter tous vos sujets.

Ah ! de vos premiers ans l'heureuse expérience
Vous fait-elle, seigneur, haïr votre innocence ?
Songez-vous au bonheur qui les a signalés ?
Dans quel repos, oh, ciel ! les avez-vous coulés !
Quel plaisir de penser et de dire en vous-même :
« Partout en ce moment on me bénit, on m'aime ;
» On ne voit point le peuple à mon nom s'alarmer ;
» Le ciel dans tous leurs pleurs ne m'entend point nommer ;
» Leur sombre inimitié ne fuit point mon visage ;
» Je vois voler partout les cœurs à mon passage ! »
Tels étoient vos plaisirs. Quel changement, oh, dieux !
Le sang le plus abject vous étoit précieux :
Un jour, il m'en souvient, le sénat équitable
Vous pressoit de souscrire à la mort d'un coupable ;
Vous résistiez, seigneur, à leur sévérité ;
Votre cœur s'accusoit de trop de cruauté ;
Et, plaignant les malheurs attachés à l'empire,
Je voudrois, disiez-vous, ne savoir pas écrire.
Non, ou vous me croirez, ou bien de ce malheur
Ma mort m'épargnera la vue et la douleur.

La première partie de ce discours est d'une énergie
terrible ; dans la seconde, au contraire, l'éloquence
de Burrhus devient douce, et entraînante : Néron
lui-même fut ébranlé quelques instants.

Si je n'avois pas craint d'être entraîné trop

loin , je vous aurois cité le discours en entier. Il est régardé comme un des plus beaux que nous ayons, et comme un modèle de la manière dont un sujet doit chercher à ramener un souverain.

Il y a dans le sermon de Massillon sur l'humanité des grands , un passage du même genre que le précédent : c'est le parallèle entre la gloire des conquérants et celle des rois pacifiques :

« La gloire des conquêtes est toujours souillée de sang : c'est le carnage et la mort qui nous y conduit ; et il faut faire des malheureux pour se l'assurer. L'appareil qui l'environne est funeste et lugubre ; et souvent le conquérant lui-même , s'il est humain , est forcé de verser des larmes sur ses propres victoires.

» Mais la gloire , Sire , d'être cher à son peuple et de le rendre heureux , n'est environnée que de la joie et de l'abondance : il ne faut point élever de statues et de colonnes superbes pour l'immortaliser ; elle s'élève dans le cœur de chaque sujet un monument plus durable que l'airain et le bronze , parce que l'amour dont il est l'ouvrage , est plus fort que la mort. Le titre de conquérant n'est écrit que sur le marbre ; le titre de père du peuple est gravé dans les cœurs.

» Et quelle félicité pour le souverain de regarder son royaume comme sa famille , ses sujets comme ses enfants ; et de compter que leurs cœurs sont encore plus à lui que leurs biens et leurs personnes ! La gloire des conquêtes et des triomphes a-t-elle rien qui égale ce plaisir ? »

Comme l'orateur vouloit inspirer l'horreur des conquêtes au jeune prince qui l'écoutoit, il rappelle avec soin tous les malheurs qui accompagnent les conquérants, et présente ensuite, sous les couleurs les plus agréables, le bonheur d'un roi qui fait régner la paix.

Telle est la manière dont on emploie ordinairement la dissimilitude; mais quelquefois aussi l'on combat une erreur en opposant aux illusions les plus séduisantes des vérités qui les détruisent. C'est ce que Racine a fait d'une manière admirable dans l'exemple suivant :

ELISE.

Je n'admirai jamais la gloire de l'impie,

UNE AUTRE ISRAÉLITE.

Au bonheur du méchant qu'un autre porte envie.

ELISE.

Tous ses jours paroissent charmants ;
L'or éclate en ses vêtements :
Son orgueil est sans borne ainsi que sa richesse ;
Jamais l'air n'est troublé de ses gémissements ;
Il s'endort, il s'éveille au son des instruments ;
Son cœur nage dans la mollesse.

UNE AUTRE ISRAÉLITE.

Pour comble de prospérité,
Il espère revivre en sa postérité ;
Et d'enfants à sa table une riante troupe
Semble boire avec lui la joie à pleine coupe.

LE CHŒUR.

Heureux, dit-on, le peuple florissant
Sur qui ces biens coulent en abondance !
Plus heureux le peuple innocent
Qui dans le Dieu du ciel a mis sa confiance !

UNE ISRAÉLITE , *seule.*

Pour contenter ses frivoles désirs
L'homme insensé vainement se consume :
Il trouve l'amertume
Au milieu des plaisirs.

UNE AUTRE , *seule.*

Le bonheur de l'impie est toujours agité :
Il erre à la merci de sa propre inconstance.
Ne cherchons la félicité
Que dans la paix de l'innocence.

UNE AUTRE.

Nulle paix pour l'impie. Il la cherche, elle fuit ;
Et le calme en son cœur ne trouve point de place :
Le glaive au dehors le poursuit ;
Le remords au-dedans le glace.

UNE AUTRE.

La gloire des méchants en un moment s'éteint :
L'affreux tombeau pour jamais les dévore.
Il n'en est pas ainsi pour celui qui te craint ;
Il renaîtra, mon Dieu, plus brillant que l'aurore.

LETTRE VI.

DES CIRCONSTANCES.

Vous avez sans doute observé que le talent des personnes qui racontent bien, consiste en grande partie dans le soin qu'elles ont de retracer les principales circonstances qui accompagnoient les scènes dont elles ont été témoins. C'est en effet un excellent moyen de donner du charme à ses récits.

Dans la fable nommée *le Chat et le vieux Rat,* des souris aperçoivent au plancher un chat qui les faisoit trembler, et qui s'y étoit attaché pour les engager à sortir de leurs trous. Croyant qu'on l'a pendu pour quelque vol, elles s'en réjouissent,

Mettent le nez à l'air, montrent un peu la tête,
    Puis rentrent dans leurs nids à rats,
    Puis ressortant, font quatre pas,
    Puis enfin se mettent en quête.
    Mais voici bien une autre fête :
Le pendu ressuscite, et, sur ses pieds tombant,
    Attrape les plus paresseuses.

Un chat et un singe regardoient rôtir des marrons qu'ils dévoroient des yeux. Frère , dit Bertrand à Raton, il faut que tu fasses aujourd'hui un coup de maître ; tire-moi ces marrons.

Aussitôt fait que dit : Raton, avec sa patte ,
    D'une manière délicate,
Ecarte un peu la cendre , et retire les doigts ;
    Puis les reporte à plusieurs fois ;
Tire un marron, puis deux, et puis trois en escroque ;
    Et cependant Bertrand les croque.
Une servante vient : adieu mes gens. Raton
    N'étoit pas content , ce dit-on.

Il y a dans toutes ces peintures une vérité dont tout le monde peut juger ; ce dernier trait d'ailleurs est de la plus grande finesse.

Un vieux rat, averti par une souris, court en diligence à un office où maints rats faisoient bombance. Il nous faut, leur dit-il, secourir promptement les souris ; car Rominagrobis en fait chaque jour un horrible carnage , et s'il venoit à en manquer, nous pourrions bien en souffrir.

Chacun dit : Il est vrai, sus ! sus ! courons aux armes !
Quelques rates , dit-on, répandirent des larmes.
N'importe, rien n'arrête un si noble projet :
    Chacun se met en équipage ;
Chacun met dans son sac un morceau de fromage ;
Chacun promet enfin de risquer le paquet.

> Ils alloient tous commé à la fête,
> L'esprit content, le cœur joyeux.

Que de gaieté dans tous ces détails, et surtout dans celui-ci :

> Quelques rates, dit-on, répandirent des larmes.

On les remarque à peine en les lisant, tant ils sont naturels ; mais quand on y réfléchit, on ne se lasse pas d'admirer La Fontaine.

Si vous retranchez maintenant les différents tableaux que vous venez de lire des fables d'où ils sont tirés, vous verrez aisément que ces fables y perdront beaucoup.

Fénélon, dans la même intention que le fabuliste, c'est-à-dire, pour donner de l'intérêt au récit du combat d'Hippias et de Télémaque, en retrace ainsi les circonstances :

« Télémaque, apprenant qu'Hippias vient d'enlever les prisonniers, sortit en frémissant de rage. Tel qu'un sanglier écumant qui cherche le chasseur par lequel il a été blessé, on le voyoit errer dans le camp, cherchant des yeux son ennemi, et branlant le dard dont il le vouloit percer ; enfin il le rencontre ; et, en le voyant, sa fureur redouble. Ce n'étoit plus ce sage Télémaque instruit par Minerve sous la figure de Mentor, c'étoit un frénétique, ou un lion furieux.

» Aussitôt il crie à Hippias : Arrête, ô le plus lâche de tous les hommes ! arrête ; nous allons voir si tu pourras

m'enlever les dépouilles de ceux que j'ai vaincus. Tu ne
les conduiras point à Tarente ; va, descends tout à l'heure
sur les rives sombres du Styx. Il dit, et il lança son dard ;
mais il le lança avec tant de fureur qu'il ne put mesurer
son coup ; le dard ne toucha point Hippias. Aussitôt Télémaque prend son épée.

A peine l'eut-il tirée, qu'Hippias, qui vouloit profiter
de l'avantage de sa force, se jeta pour l'arracher des mains
du jeune fils d'Ulysse. L'épée se rompt dans leurs mains ;
ils se saisissent et se serrent l'un l'autre. Les voilà comme
deux bêtes cruelles qui cherchent à se déchirer ; le feu
brille dans leurs yeux ; ils se raccourcissent, ils s'allon-
gent, ils se baissent, ils se relèvent, ils s'élancent, ils
sont altérés de sang. Les voilà aux prises, pieds contre
pieds, mains contre mains : ces deux corps entrelassés
paroissent n'en faire qu'un. Mais Hippias, d'un âge plus
avancé, sembloit devoir accabler Télémaque, dont la tendre jeunesse étoit moins nerveuse. Déjà Télémaque, hors
d'haleine, sentoit ses genoux chanceler. Hippias, le voyant
ébranlé, redouble ses efforts. C'étoit fait du fils d'Ulysse ; il
alloit porter la peine de sa témérité et de son emportement,
si Minerve, qui ne le laissoit dans cette extrémité de péril
que pour l'instruire, n'eût déterminé la victoire en sa faveur, en le couvrant de la redoutable égide.

» Aussitôt Télémaque, dont les forces étoient épuisées,
commence à se ranimer. A mesure qu'il se ranime, Hippias
se trouble ; il sent je ne sais quoi de divin qui l'étonne et
qui l'accable. Télémaque le presse et l'attaque, tantôt dans
une situation, tantôt dans une autre ; il l'ébranle, il ne
lui laisse aucun moment pour se rassurer; enfin il le jette

par terre et tombe sur lui. Un grand chêne du mont Ida, que la hâche a coupé par mille coups dont toute la forêt a retenti, ne fait pas un plus horrible bruit en tombant; la terre en gémit; tout ce qui l'environne en est ébranlé. »

Il seroit inutile de s'arrêter à la beauté de ce récit, l'un des meilleurs modèles que l'on puisse proposer: en le lisant, on croit assister à l'action.

Les circonstances ne sont pas seulement employées pour amuser et intéresser. Elles sont souvent très-utiles, parce qu'elles influent beaucoup sur la manière dont on envisage l'action qu'elles accompagnent.

Dans la tragédie de Mithridate, ce grand homme avoue à Arbate qu'il a été vaincu ; mais ce n'est qu'avec peine qu'il peut se résoudre à cet aveu. Aussi cherche-t-il à diminuer sa honte, en lui parlant de tous les avantages de son ennemi.

Enfin, après un an, tu me revois, Arbate,
Non plus, comme autrefois, cet heureux Mithridate
Qui, de Rome toujours balançant le destin,
Tenois entre elle et moi l'univers incertain :
Je suis vaincu. Pompée a saisi l'avantage
D'une nuit qui laissoit peu de place au courage :
Mes soldats presque nus, dans l'ombre intimidés,
Les rangs de toutes parts mal pris et mal gardés,
Le désordre partout redoublant les alarmes,
Nous-mêmes contre nous tournant nos propres armes,
Les cris que les rochers renvoyoient plus affreux,

Enfin toute l'horreur d'un combat ténébreux ;
Que pouvoit la valeur dans ce trouble funeste ?
Les uns sont morts , la fuite a sauvé tout le reste ;
Et je ne dois la vie en ce commun effroi,
Qu'au bruit de mon trépas que je laisse après moi.

Certainement lorsque Pompée rendoit compte de sa victoire , il faisoit au contraire valoir en sa faveur ces mêmes circonstances. Il devoit de plus chercher à rendre sa victoire plus éclatante , en rapportant celles qui lui avoient été défavorables , et sur lesquelles Mithridate a soin de garder le silence. Vous pouvez aussi remarquer le soin avec lequel ce dernier rappelle d'abord ses anciens exploits, dans la crainte qu'un désastre récent ne les fasse oublier.

Tels sont les différents usages que l'on fait des circonstances. Lorsqu'on se propose seulement d'amuser ou d'intéresser, on doit ne s'arrêter qu'à celles qui ont quelque chose d'intéressant ou de piquant. Si l'on s'en sert pour présenter une action sous un beau jour, il faut choisir celles qui sont les plus favorables , et négliger les autres ; quand on essaie de la noircir , il faut faire le contraire.

LETTRE VII.

DE L'IMITATION.

———

ON rencontre quelquefois des écrivains qui s'emparent des expressions et des pensées des autres, dans le dessein de se les attribuer. Ils ont été nommés *plagiaires ;* et leur action, que tous les littérateurs condamnent, s'appelle *plagiat.*

L'imitation, au contraire, fut toujours conseillée. C'est par elle qu'on s'enrichit des productions de ceux qui nous ont précédés, en ajoutant à leurs pensées les idées qu'elles inspirent.

Nos meilleurs écrivains n'ont pas craint d'imiter les anciens ; c'est même dans leurs écrits qu'ils ont appris à n'aimer que le naturel. Bossuet, toutes les fois qu'il lisoit Homère avant de composer une oraison funèbre, disoit qu'il allumoit son flambeau aux rayons du soleil.

Malherbe, en marchant sur les traces d'Horace, l'a souvent imité. Vous connoissez, par exemple, deux strophes que l'on ne répéte que trop souvent:

La mort a ses rigueurs à nulle autre pareilles;
On a beau la prier,
La cruelle qu'elle est se bouche les oreilles,
Et nous laisse crier.

Le pauvre en sa cabane, où le chaume le couvre,
Est sujet à ses lois;
Et la garde qui veille aux barrières du Louvre,
N'en défend pas nos rois.

Elles ne sont cependant qu'une très-belle imitation d'un passage d'Horace dont voici le sens:

« La mort frappe également les pauvres dans leurs chaumières, et les rois dans leurs forteresses. »

Vous voyez que la mort a toujours été inexorable. On prétend même qu'elle se plaît quelquefois à détruire les plus belles espérances; mais ne craignez rien pour vous:

Si quelque jour on la voyoit planer
Sur une tête aux malheureux si chère,
Tous les infortunés dont vous êtes la mère,
Viendroient la détourner.

Racine, dans les tragédies d'Esther et d'Athalie, a souvent imité la Bible. Dans un des chœurs de la première, par exemple, il a emprunté au psaume 36.e de David, cette belle image du bonheur passager de l'impie :

« J'ai vu l'impie élevé comme les cèdres du Lyban ; j'ai passé, il n'étoit plus ; je l'ai cherché, et n'ai pas même trouvé la place où il étoit. »

En voici l'imitation :

> J'ai vu l'impie adoré sur la terre ;
> Pareil au cèdre, il cachoit dans les cieux
>   Son front audacieux :
> Il sembloit à son gré gouverner le tonnerre,
>   Fouloit aux pieds ses ennemis vaincus :
> Je n'ai fait que passer, il n'étoit déjà plus.

Cette paraphrase est magnifique ; il étoit impossible de rendre en vers françois la simplicité de l'original ; mais elle se trouve remplacée par la manière dont le poëte a su faire ressortir le trait sublime qui termine cette période.

Dans la tragédie de Sertorius, Pompée dit à ce général, qui lui parloit de la manière dont il traitoit les romains qui étoient venus chercher un asile dans son camp :

> Et votre empire en est d'autant plus dangereux,
> Qu'il rend de vos vertus les peuples amoureux ;
> Qu'en assujettissant, vous avez l'art de plaire ;
> Qu'on croit n'être en vos fers qu'esclave volontaire ;

Et que la liberté trouvera peu de jour
A détruire un pouvoir que fait régner l'amour.

Et dans la tragédie d'Alexandre, Axiane dit à ce
prince :

... Ah ! seigneur, puis-je ne les point voir
Ces vertus dont l'éclat aigrit mon désespoir ?
N'ai-je pas vu partout la victoire modeste
Perdre avec vous l'orgueil qui la rend si funeste ?
Ne vois-je pas le Scythe et le Perse abattus
Se plaire sous le joug, et vanter vos vertus ;
Et disputer enfin, par une aveugle envie,
A vos propres sujets le soin de votre vie ?

Massillon, qui connoissoit très-bien les ouvrages
de Racine, se les est rappelés quelquefois. Voltaire
cite comme une des réminiscences de cet orateur, ce
beau passage du discours sur l'humanité des grands :

« Hélas ! s'il pouvoit être quelquefois permis d'être sombre, bizarre, chagrin, à charge aux autres et à soi-même,
ce devroit être à ces infortunés que la faim, la misère, les
calamités, les nécessités domestiques, et tous les plus noirs
soucis, environnent : ils seroient bien plus dignes d'excuse,
si, portant déjà le deuil, l'amertume, le désespoir souvent
dans le cœur, ils en laissoient échapper quelques traits au
dehors. Mais que les grands, que les heureux du monde,
à qui tout rit, et que les joies et les plaisirs accompagnent
partout, prétendent tirer de leur félicité même un privilége qui excuse leurs chagrins bizarres et leurs caprices ;
qu'il leur soit plus permis d'être fâcheux, inquiets, inabor-

dables, parce qu'ils sont plus heureux ; qu'ils regardent comme un droit acquis à la prospérité d'accabler encore du poids de leur humeur des malheureux qui gémissent déjà sous le joug de leur autorité et de leur puissance : grand Dieu ! seroit-ce donc là le privilége des grands, ou la punition du mauvais usage qu'ils font de la grandeur ? Car il est vrai que les caprices et les noirs chagrins semblent être le partage des grands ; et l'innocence de la joie et de la sérénité n'est que pour le peuple. »

Lorsque l'on connoît la tragédie de Britannicus, ce passage rappelle aisément ce que Junie dit à Néron, en comparant le bonheur apparent de cet empereur, à la position malheureuse du jeune prince auquel elle avoit été promise, et dont elle adoucissoit la douleur en la partageant :

Tout ce que vous voyez conspire à vos désirs ;
Vos jours toujours sereins coulent dans les plaisirs ;
L'empire en est pour vous l'inépuisable source :
Ou, si quelque chagrin en interrompt la course,
Tout l'univers, soigneux de les entretenir,
S'empresse à l'effacer de votre souvenir.
Britannicus est seul : quelque ennui qui le presse,
Il ne voit dans son sort que moi qui s'intéresse,
Et n'a pour tous plaisirs, seigneur, que quelques pleurs
Qui lui font quelquefois oublier ses malheurs.

On n'a jamais pensé à reprocher à Massillon ces heureuses imitations, qui ne diminuent en rien sa gloire. Elles montrent, au contraire, comment un

3

grand orateur peut se servir d'un grand poëte.

Ce que l'on recommande le plus dans l'imitation, c'est de ne prendre pour modèles que les auteurs classiques ; afin d'être sûr de ne pas se gâter le goût. On doit de plus se bien pénétrer des pensées qu'on leur emprunte, et se les approprier, en les produisant sous de nouvelles couleurs. Lorsque l'on essaie d'imiter ainsi les anciens et les modernes, et qu'on réussit aussi bien que les écrivains cités dans cette lettre, on peut dire avec J. B. Rousseau, sans craindre d'être accusé plus que lui de plagiat :

> Tel que l'abeille en nos jardins éclose,
> De différentes fleurs j'assemble et je compose
> Le miel que je produis.

Voilà, Mademoiselle, ce que j'ai pu recueillir de plus intéressant sur les lieux communs en général. Vous pouvez maintenant concevoir que la lecture attentive des différents exemples que vous avez lus dans ces lettres, et de ceux que vous rencontrerez ailleurs, est bien capable de fertiliser une imagination à laquelle la nature n'a pas tout refusé. Peut-être même pourroit-elle éclairer le génie sur toutes les ressources qu'il peut trouver en lui. C'est à cause de cette utilité reconnue des lieux communs que leur étude est regardée comme très-nécessaire. On recommande seulement de se rap-

peler qu'ils ne sont que des secours ; et de ne
pas compter sur eux , pour faire le fonds d'un
ouvrage dont le vide s'apercevroit toujours facilement : l'invention dépend de l'imagination ou du
génie ; l'étude peut, comme je vous l'ai dit , développer ces dons de la nature , mais elle ne sauroit
y suppléer.

●●●●●●●●●●●●●●●●●●●●●●●●●●●●●●●●●●●

LETTRE VIII.

DE LA DISPOSITION.

———

S'il est nécessaire de placer avec goût les divers ajustements qu'exige une toilette ; il ne l'est pas moins de disposer ce que l'invention a fourni , de la manière la plus convenable. Cette seconde partie du travail , que l'on appelle Disposition , est toujours très-utile : quand chaque chose est mise à sa place , elle y ressort beaucoup mieux que si elle n'y étoit pas. Le plus souvent même l'ordre est indispensable , et sans lui , la plus belle production n'auroit aucun prix.

Dans presque tous les genres de composition , on commence par instruire du sujet que l'on va traiter : de cette manière , le lecteur ou l'auditeur n'ayant pas à deviner ce qu'on va leur dire , sont plus en état de suivre l'orateur ou l'écrivain.

La première qualité du début est la simplicité. Boileau l'a recommandée dans ce vers :

Que le début soit simple , et n'ait rien d'affecté.

Le début des poëmes épiques s'appelle la Proposition. Celle de la Henriade renferme en six vers l'histoire abrégée de Henri IV :

Je chante ce héros qui régna sur la France,
Et par droit de conquête, et par droit de naissance;
Qui, par de longs malheurs, apprit à gouverner,
Calma les factions, sut vaincre, et pardonner,
Confondit et Mayenne, et la Ligue, et l'Ibère,
Et fut de ses sujets le vainqueur et le père.

Dans les tragédies et les comédies, le début se nomme l'Exposition. Il faut que le poëte y expose très-clairement le sujet de l'action qui va se passer. Cette action, qui commence ensuite, doit marcher de manière à intéresser de plus en plus, et se terminer par un heureux dénouement.

La Fontaine, dans ses fables, nous fait d'abord connoître la scène à laquelle nous allons assister, et l'on a remarqué qu'il le fait toujours très-simplement. Si vous en voulez une preuve, rappelez-vous le début de la fable intitulée *le Chêne et le Roseau* :

Le chêne un jour dit au roseau :
Vous avez bien sujet d'accuser la nature.

Ce commencement n'annonce certainement en rien cette fable que l'on admire de plus en plus en la relisant.

Celui d'un autre chef-d'œuvre : *les Animaux malades de la peste*, n'est plus de la même simplicité;

mais il convient très-bien au reste de la fable. Il est d'ailleurs le seul où La Fontaine ait commencé sur un ton aussi élevé, et, pour oser l'imiter, il faut être sûr de ses forces.

Les orateurs disposent toujours leurs discours avec le plus grand soin. Ils cherchent d'abord à se concilier la bienveillance des auditeurs ; énoncent ensuite les faits sur lesquels ils s'appuient pour parvenir au but qu'ils se proposent en parlant ; réfutent d'avance les objections qu'on pourroit leur faire ; et réunissent enfin leurs efforts pour entraîner ceux qui les écoutent. Ces différentes parties du discours ont reçu des noms particuliers, et s'appellent l'Exorde, la Narration, la Confirmation et la Péroraison.

Il y a des genres de compositions dans lesquelles l'ordre paroît beaucoup moins.

Dans l'ode, par exemple, qui doit être comme inspirée, le poëte marche souvent au hasard, mais, comme le dit Boileau :

Chez elle un beau désordre est un effet de l'art.

Dans l'épître, la satyre, et l'élégie, on n'est pas non plus assujetti à une marche méthodique ; mais il faut seulement bien lier ses pensées les unes aux autres. Il est aussi très-utile de le faire dans les lettres qui demandent quelque soin. Cette attention, il est vrai, n'est pas nécessaire, et seroit même déplacée dans celles où l'on se propose seulement d'amuser les personnes à qui l'on écrit; mais il n'y a que là qu'on peut s'en passer :

C'est peu qu'en un ouvrage où les fautes fourmillent
Des traits d'esprit semés de temps en temps pétillent :
Il faut que chaque chose y soit mise en son lieu;
Que le début, la fin répondent au milieu;
Que d'un art délicat les pièces assorties
N'y forment qu'un seul tout de diverses parties.

Boileau, art poëtique.

LETTRE IX.

DE L'ELOCUTION.

Il ne suffit pas d'avoir trouvé des pensées, et de les avoir bien disposées , il faut encore les bien exprimer. Dans cette dernière partie de son travail , qui se nomme Elocution , on trouve dans les préceptes de l'art, tout ce que l'on peut désirer. On doit aussi lui donner tous ses soins ; car le succès d'un ouvrage en dépend , puisque c'est par elle que l'on nous transmet ses pensées.

. La manière dont on les exprime , est ce qu'on appelle le Style. Ce mot vient du mot latin *Stylus,* nom d'un petit instrument dont les romains se servoient pour écrire. C'étoit une espèce de poinçon aigu d'un côté , et arrondi de l'autre. L'une des extrémités étoit destinée à tracer des caractères sur les tablettes recouvertes de cire , et l'autre à les effacer pour en graver de nouveaux.

Le style doit être clair , c'est-à-dire, qu'il faut rendre ses pensées de manière à ce qu'on les

saisisse bien et sans effort. Le seul moyen d'y parvenir, c'est d'attendre, pour chercher à les exprimer, qu'elles se présentent à l'esprit d'une manière
claire et nette :

Ce que l'on conçoit bien s'énonce clairement,
Et les mots pour le dire arrivent aisément.

Boileau, art poëtique.

La seconde qualité du style est la pureté. Elle
consiste à ne nommer les choses que par les mots
les plus généralement reçus pour les signifier, et à
respecter les règles de la langue :

Mon esprit n'admet point un pompeux barbarisme,
Ni d'un vers ampoulé l'orgueilleux solécisme.
Sans la langue, en un mot, l'auteur le plus divin
Est toujours, quoiqu'il fasse, un méchant écrivain.

Boileau, id.

L'agrément du style ne doit cependant pas souffrir de ce respect pour les règles. Il y a des phrases
dans lesquelles elles sont observées très-rigoureu-
sement, et qui ne plaisent cependant pas. Elles
ressemblent trop à des exemples de grammaire.
Il faut les éviter avec soin, et leur en substituer
d'autres dans lesquelles le goût et la langue soient
également respectés. On indique ordinairement la
conversation des femmes comme le meilleur maître
qu'on puisse prendre pour acquérir ce style pur
et agréable.

Ne croyez pas non plus qu'on interdise aux écrivains les mots nouveaux dont ils essaient d'enrichir
la langue. On peut chercher à en introduire un
lorsqu'il est utile, qu'il remplit bien son objet, et
que le bon goût l'accueille. Mais en général, avant
de faire de ces innovations, il faut bien les exa-
miner.

Ce n'est pas assez que le style soit clair et pur, il
faut encore lui donner la grâce, la noblesse ou l'é-
nergie qui convient au sujet que l'on traite. Cette
convenance naîtra naturellement du fonds même de
ce sujet, si l'on y réfléchit assez pour le posséder
pleinement. Lorsqu'on s'en est bien pénétré, on
trouve ensuite dans les figures de rhétorique des
secours dont on peut profiter. Ces figures sont de
plus employées pour donner au style de la variété,
ce qui n'est pas à négliger ; car, comme vous le
savez,

L'ennui naquit un jour de l'uniformité.

Il est donc très-utile de les connoître. Dans les
lettres suivantes, j'essaierai de vous en parler.

LETTRE X.

DES FIGURES EN GÉNÉRAL, ET DES TROPES.

On appelle Figures des manières de parler qui ont une forme particulière, à laquelle on peut les reconnoître. Elles expriment, ainsi que les phrases, ce que l'on pense, ou ce que l'on sent; et servent de plus, comme je vous l'ai dit, à donner de la force, de la noblesse, ou de la grâce, à l'expression des pensées ou des sentiments.

On les doit presque toutes au besoin qu'ont les hommes de faire sentir vivement aux autres ce qu'ils sentent eux-mêmes vivement. On peut se convaincre aisément de cette vérité, en remarquant que les gens les plus grossiers en font un usage continuel. On les employa d'abord comme des moyens d'émouvoir et de persuader; bientôt après on s'en servit aussi pour rompre l'uniformité du discours; enfin l'on en créa quelques-unes, soit pour répandre de la variété, soit pour s'exprimer d'une manière noble et délicate.

Parmi les figures, les unes, que l'on appelle figures de mots, disparoissent dès qu'on change les mots; les autres, que l'on appelle figures de pensées, sont indépendantes de ceux qu'elles renferment.

Les premières consistent, ou dans la signification que l'on donne aux mots que l'on emploie, ou dans la manière dont on les arrange. Dans ce dernier cas, elles se nomment simplement figures de mots; dans le premier, ce sont des Tropes. Ce nom vous paroîtra peut-être un peu extraordinaire, ce qui ne doit pas vous étonner, puisqu'il est d'origine grecque. J'espère d'ailleurs que vous y serez bientôt habituée; car depuis quelque temps il semble qu'on cherche à nous accoutumer aux mots les plus bizarres.

Avant de vous donner la définition des tropes, il est nécessaire de vous parler du *sens propre* et du *sens figuré* des mots.

Vous savez que chaque mot a été créé pour exprimer une idée. Cette signification primitive est la signification propre ou le *sens propre* des mots. Mais ils ont en général d'autres significations qui se nomment leur *sens figuré*.

Par exemple, *rempli,* dans le sens propre, se dit

d'un vase qui contient tout ce qu'il peut contenir; et dans le sens figuré,

On dit que vous êtes *remplie*
De douceur, d'affabilité,
De noblesse, de grâce et d'amabilité,
De talents et de modestie;

pour exprimer que vous en avez autant qu'on peut en avoir.

Le même mot a souvent beaucoup de sens figurés.

Le mot *voix*, par exemple, a été créé pour signifier le son qui sort de la bouche de l'homme, et l'on dit dans ce sens que votre *voix* est aussi juste que flexible.

Mais dans ces phrases : « On ne peut pas étouffer la *voix* de la conscience ; Brutus étouffa la *voix* de la nature en condamnant ses fils », le mot *voix* est au figuré ; il se prend dans la première pour les mots reproches intérieurs, remords ; dans la seconde, pour l'émotion que l'on éprouve en faveur d'une personne qui nous est chère, et qui court quelque danger.

Rappelez-vous encore ces passages de la Bible : le peuple juif fut malheureux quand il cessa d'écouter la *voix* de Dieu, c'est-à-dire, quand il cessa d'obéir à ses commandements ; Dieu voulut bien enfin écouter la *voix* de son peuple, c'est-à-dire, ses gémissements et ses prières.

Le mot *voix* signifie encore *avis, opinion, suffrage,*

comme dans ces locutions : aller aux *voix*, briguer les *voix*, etc.

Toutes ces manières de s'exprimer dans lesquelles on fait prendre à un mot une signification qui n'est pas la signification propre de ce mot, sont ce qu'on appelle des Tropes. Tel est leur caractère général. Ils diffèrent ensuite les uns des autres par la manière dont ils s'écartent de cette signification primitive.

Les Tropes ne servent pas seulement, comme les figures en général, à donner de la force, de la noblesse ou de la grâce à ce que l'on dit ; ils enrichissent encore les langues, en multipliant les significations d'un même mot, qui peut alors suppléer aux termes qui manquent, et qu'il faudroit créer si ces figures n'existoient pas.

Les principaux tropes sont au nombre de cinq : la Métonymie, la Métaphore, l'Allégorie, l'Hyperbole et l'Ironie.

¢¢¢¢¢¢¢¢¢¢¢¢¢¢¢¢¢¢¢¢¢¢¢¢¢¢¢¢¢¢¢¢¢¢¢¢

LETTRE XI.

DE LA MÉTONYMIE.

———

Vous allez voir dès ce commencement que l'on se sert souvent des figures, sans se douter qu'il existe une rhétorique. Je crois, en effet, que les paysans de Tracy (*) n'ont jamais beaucoup approfondi les secrets de cet art ; cependant ceux que nous voyons ne manquent jamais de nous dire que tout le village chérit votre famille, pour nous faire entendre que tous les habitans de leur village la chérissent. Ils se servent alors de la Métonymie, c'est-à-dire qu'ils emploient le contenant pour le contenu. On dit de même d'un ivrogne qu'il aime la bouteille, pour faire entendre qu'il aime le vin que contiennent les bouteilles.

On se sert encore de cette figure lorsqu'on emploie

1.° La cause pour l'effet. Par exemple, un ouvrier

———

(*) Village à quatre lieues de Compiègne, où se trouve le château de MM. de l'Aigle.

dit souvent qu'il vit de son travail, et non pas, qu'il vit de ce qu'il gagne en travaillant. C'est encore prendre la cause pour l'effet, que de donner le nom de l'auteur à ses ouvrages, comme dans ces locutions : il a lu tout Racine, tout Fénélon, etc. , c'est-à-dire, toutes les œuvres de Racine, de Fénélon.

2.° L'effet pour la cause. Dans Télémaque, le dénombrement des monstres qui environnent le trône de Pluton, commence ainsi :

« Aux pieds de ce trône étoit la mort pâle et dévorante avec sa faux tranchante qu'elle aiguisoit sans cesse. Autour d'elle voloient les noirs soucis, les cruelles défiances, les vengeances toutes dégoûtantes de sang et couvertes de plaies ; les haines injustes, l'avarice, qui se ronge ellèmême ; l'ambition forcenée, qui renverse tout ; la trahison, qui veut se repaître de sang, etc. »

Ces manières de parler sont des Métonymies : la mort n'est point pâle, les soucis ne sont point noirs, etc. ; mais la mort produit la pâleur, les soucis rendent l'humeur noire, etc. Fénélon donne donc à la cause une épithète qui ne convient qu'à l'effet.

3.° La partie pour le tout. Lorsque vous lisez la relation d'un combat naval, vous voyez quelquefois : Il y avoit tant de voiles d'un côté, et tant de l'autre. Le mot *voile* remplace le mot *vaisseau,* c'est donc la partie pour le tout.

4.º Le nom de l'endroit où une chose a été faite, pour le nom de cette chose. *Faïence*, par exemple, est le nom d'une ville d'Italie, dans laquelle on a trouvé la manière de faire une sorte de vaisselle de terre vernissée, qu'on appelle de la *faïence*. *Cachemire* est une ville de Perse d'où nous viennent des étoffes qu'on appelle des *cachemires*.

5.º Le nom de la matière dont une chose est faite, pour le nom de cette chose. J. B. Rousseau, dans l'ode *à la fortune*, parle ainsi des conquérants :
Quels traits me présentent vos fastes, leur dit-il ?

> Des murs que la flamme ravage,
> Des vainqueurs fumant de carnage,
> Un peuple au *fer* abandonné, etc.

Le mot *fer* remplace ici le mot *glaive*.

6.º Les parties du corps qui sont regardées comme le siége des passions et des sentiments, se prennent souvent pour les sentiments mêmes. On dit : il a du *cœur*, c'est-à-dire, il a du *courage*. Dans La Fontaine, un renard examinant un buste dont il loue la beauté :

> Belle tête ! dit-il, mais de *cervelle* point.

Telles sont, mademoiselle, les principales espèces de Métonymie ; c'est-à-dire que cette figure est une manière de s'exprimer dans laquelle on emploie le contenant pour le contenu ; la cause pour l'effet ; l'effet pour la cause ; la partie pour le tout, etc.

4

LETTRE XII.

DE LA MÉTAPHORE.

———

La Métaphore consiste à donner à un mot une sign fication différente de sa signification primitive, qui ne lui convient qu'en vertu d'une comparaiso qui se présente à l'esprit.

Lorsqu'une ouvrière, par exemple, cherche obtenir du temps, en vous disant qu'elle est *accabl* d'ouvrage, elle se sert de la métaphore. Ce mot, ε effet, ne signifie pas alors qu'elle ne peut pas sou tenir le poids de son ouvrage, mais bien qu'el en a plus qu'elle n'en sauroit faire. Cette nouvel signification du verbe *être accablé*, vient du rap port qui existe entre l'inutilité des efforts qu l'on fait en voulant supporter un fardeau tro pesant, et l'impossibilité dans laquelle on se trou de finir quelque chose, lorsqu'on n'a pas le temp nécessaire pour le terminer. On dit de même qu la bonne fortune *enivre* les sots, parce qu'elle leur fait perdre la raison, comme les liqueurs la font perdre aux ivrognes. C'est encore par métaphore que l'on dit : le poids des années, le feu de la jeunesse, la chaleur des combats, etc.

Horace, dans la tragédie de ce nom, veut forcer sa sœur à se réjouir de la mort de Curiace ; Camille furieuse lui répond :

Tigre altéré de sang, qui me défends les larmes,
Tu veux que dans sa mort je trouve encor des charmes !

Dans la tragédie d'Andromaque, cette princesse, en faisant à sa confidente le tableau du massacre des troyens, parle ainsi de Pyrrhus :

Figure-toi Pyrrhus, les yeux *étincelants,*
Entrant à la lueur de nos palais brûlants,
Sur tous mes frères morts se faisant un passage,
Et de sang tout *couvert, échauffant* le carnage.

J. B. Rousseau, dans l'ode *contre les hypocrites,* se plaint amèrement de l'injustice des hommes :

Si la loi du Seigneur vous *touche,*
Si le mensonge vous *fait peur,*
Si la justice en votre bouche
Règne aussi bien qu'en votre cœur ;
Parlez, fils des hommes, pourquoi
Faut-il qu'une haine *farouche*
Préside aux jugements que vous *lancez* sur moi.

L'hypocrite en fraudes *fertile,*
Dès l'enfance est *pétri de fard :*
Il sait *colorer* avec art
Le *fiel* que sa bouche *distille;*
Et la morsure du serpent
Est moins *aigüe* et moins *subtile*
Que le *venin* caché que sa langue *répand.*

Bourdaloue emploie six métaphores d
quatre lignes qui commencent la définiti
ambitieux :

« Un homme *livré* à l'ambition se laisse-t-i
par les difficultés qu'il trouve sur son chemin ? Il s
il se *métamorphose,* il *force* son naturel, et l'
à sa passion. »

Presque toutes les métaphores que vo
dans ces exemples sont destinées à donner
force à l'expression des pensées. Dans le
au contraire, vous allez voir la même fig
ployée par Racine avec beaucoup de grâ
jeune fille fait part à ses compagnes de ses
sur le sort de Joas :

Triste reste de nos rois,
Chère et dernière *fleur* d'une *tige* si belle,
Hélas ! sous le couteau d'une mère cruelle
Te verrons-nous tomber une seconde fois !

Les métaphores cessent d'être utiles
viennent défectueuses, lorsqu'elles sont

sujets bas, ou prises de trop loin. On reproche à Tertullien d'avoir dit que *le déluge fut la lessive générale de la nature.* Théophile est tombé dans le second défaut, dans ces phrases : *Je baignerai mes mains dans l'onde de tes cheveux; la charrue écorche la plaine.*

Les poésies de J. B. Rousseau renferment aussi quelques métaphores recherchées. Telles sont les deux suivantes : Si je pouvois adoucir les parques, dit le poëte dans l'ode *au comte du Luc :*

'Le ciel ne seroit plus fatigué de nos larmes ;
Et je verrois enfin *de mes froides alarmes*
    Fondre tous les glaçons.

C'est la seule tache qui dépare un des chefs-d'œuvre de notre poésie lyrique, et pour l'ensemble et pour le style.

Voltaire, dans le Temple du Goût, s'est beaucoup moqué de la seconde. Elle se trouve à la fin de la strophe qui commence l'ode *au comte de Zinzindorf :*

L'hiver, qui si long-temps a fait blanchir nos plaines,
N'enchaîne plus le cours des paisibles ruisseaux ;
Et les jeunes zéphirs *de leurs chaudes haleines*
    Ont fondu l'écorce des eaux.

Ce n'est point, en effet, en parlant ce langage, dit un commentateur, que l'on se fait ouvrir le temple du goût ; mais Rousseau avoit assez d'autres titres pour qu'il dût s'ouvrir à son nom seul. Il ne faut pas vous étonner de cette injustice de Voltaire ; la partialité dicta presque toujours ses jugements, et Jean-Baptiste n'étoit pas de ses amis.

Vous pouvez remarquer maintenant que la métaphore est une figure dont on fait un usage continuel. Il est difficile d'écrire une phrase sans l'employer ; et, lorsqu'on parle avec passion, presque tous les mots dont on se sert, sont des métaphores.

LETTRE XIII.

DE L'ALLÉGORIE.

———

Lorsqu'on prolonge une métaphore en continuant l'image qu'elle présente, elle devient une Allégorie; ce qui arrive très-souvent en éloquence et en poésie.

Elise, dans le passage que vous avez lu dans la lettre sur la dissimilitude, emploie la métaphore, en disant que l'impie *nage* dans la mollesse ; et la jeune israélite emploie l'allégorie, lorsqu'elle ajoute que ses enfants semblent *boire* avec lui la joie *à pleine coupe :* ces derniers mots, en effet, prolongent l'image présentée par le mot *boire* la joie.

Il y a dans l'élégie que fit La Fontaine sur la disgrâce de Fouquet, une allégorie qui exprime on ne peut mieux la dangereuse confiance que la faveur inspire :

Lorsque sur cette mer on vogue à pleines voiles,
Qu'on croit avoir pour soi les vents et les étoiles ;

Il est bien mal-aisé de régler ses désirs ;
Le plus sage s'endort sur la foi des zéphirs.

Toutes ces images se rapportent très-bien à la
métaphore qui commence la figure. Cette qualité
est essentielle ; et c'est un défaut que de passer
d'une image à une autre, comme l'a fait Malherbe
dans une de ses odes :

Prends ta foudre , Louis, et va comme un *lion ,*

Il falloit dire, et va comme Jupiter.

Le mot allégorie ne signifie pas toujours une métaphore continuée. On appelle ainsi, dans le sens le
plus étendu, une espèce de fiction dans laquelle on
présente un objet, pour donner l'idée d'un autre.

On emploie souvent cet artifice pour embellir la
vérité, ou pour l'exprimer avec délicatesse et mé-
nagement. Il faut donc que l'on puisse apercevoir
aisément le sens véritable auquel la fiction sert de
voile ; ce qui exige qu'elle offre une suite d'images
qui représentent bien ce qu'on veut faire entendre.

Vous trouveriez peut-être mauvais que j'oubliasse
de prouver ici que les femmes se sont aussi distin-
guées dans les lettres. Cet esprit de corps est très-
naturel et très-bien placé. Mesdames de La Fayette,
de Sévigné , de Maintenon , sont au nombre de nos
meilleurs écrivains ; on trouve dans les idylles de
madame des Houlières, beaucoup d'aisance et de

naturel ; et les vers que vous attendez, sont une
allégorie que l'on ne sauroit citer trop souvent :

> Dans ces prés fleuris
> Qu'arrose la Seine,
> Cherchez qui vous mène,
> Mes chères brebis :
> J'ai fait, pour vous rendre
> Le destin plus doux,
> Ce qu'on peut attendre
> D'une amitié tendre ;
> Mais son long courroux
> Détruit, empoisonne
> Tous mes soins pour vous,
> Et vous abandonne
> Aux fureurs des loups.
> Seriez-vous leur proie,
> Aimable troupeau ?
> Vous, de ce hameau
> L'honneur et la joie ;
> Vous qui, gras et beau,
> Me donniez sans cesse
> Sur l'herbette épaisse
> Un plaisir nouveau ?
> Que je vous regrette !
> Mais il faut céder ;
> Sans chien, sans houlette,
> Puis-je vous garder ?
> L'injuste fortune
> Me les a ravis.

En vain j'importune
Le ciel par mes cris ;
Il rit de mes craintes ;
Et, sourd à mes plaintes,
Houlette, ni chien,
Il ne me rend rien.
Puissiez-vous, contentes,
Et sans mon secours,
Passer d'heureux jours,
Brebis innocentes,
Brebis mes amours !
Que Pan vous défende !
Hélas ! il le sait,
Je ne lui demande
Que ce seul bienfait.
Oui, brebis chéries,
Qu'avec tant de soin
J'ai toujours nourries ;
Je prends à témoin
Ces bois, ces prairies,
Que, si les faveurs
Du dieu des pasteurs
Vous gardent d'outrages,
Et vous font avoir
Du matin au soir
De gras pâturages,
J'en conserverai,
Tant que je vivrai,
La douce mémoire ;
Et que mes chansons,

En mille façons,
Porteront sa gloire,
Du rivage heureux
Où, vif et pompeux,
L'astre qui mesure
Les nuits et les jours,
Commençant son cours,
Rend à la nature
Toute sa parure,
Jusqu'en ces climats
Où, sans doute, las
D'éclairer le monde,
Il va chez Thétis
Rallumer dans l'onde
Ses feux amortis.

Tout ce discours peut être pris à la lettre, comme les plaintes d'une bergère qui, ne pouvant plus mener ses brebis dans de gras pâturages, ni les défendre des loups, parce qu'elle a perdu son chien, prie le dieu Pan de lui accorder sa protection. Mais ce sens n'est pas celui que madame des Houlières vouloit faire entendre. Tout occupée du soin de ses enfants, elle cherchoit à intéresser Louis XIV à leur sort. Voilà les brebis dont elle plaignoit la destinée; le chien dont elle parle, c'est le mari qu'elle a perdu; le dieu Pan, c'est le roi. Ce dernier qui connoissoit la perte que venoit de faire la famille qui réclamoit ses bontés, devoit d'ailleurs découvrir bien facilement le sens caché de cette allégorie. La fiction est très-bien conduite et très-bien soutenue. Un chien et de gras pâturages sont les premiers besoins des brebis ; c'étoit de plus au dieu Pan qu'une bergère devoit s'adresser, puisqu'il étoit le dieu des campagnes. Cette pièce charmante réunit donc toutes les qualités ; c'est à cause de cela qu'elle a toujours été regardée comme un excellent modèle dans ce genre de composition.

LETTRE XIV.

DE L'HYPERBOLE.

———

LA FONTAINE, dans la fable du *Dépositaire infidèle*, nous apprend en quoi consiste cette nouvelle figure : deux voyageurs faisoient route ensemble ;

> L'un d'eux étoit de ces conteurs
> Qui n'ont jamais rien vu qu'avec un microscope.
> Tout est géant chez eux. Ecoutez-les, l'Europe
> Comme l'Afrique aura des monstres à foison.
> Celui-ci se croyant l'hyperbole permise,
> J'ai vu, dit-il, un chou plus grand qu'une maison.
> Et moi, dit l'autre, un pot aussi grand qu'une église.
> Le premier se moquant, l'autre reprit : tout doux,
> On le fit pour cuire vos choux.

L'Hyperbole est donc une exagération dans ce que l'on dit. Quelques critiques ayant avancé qu'elle étoit née sur les bords de la Garonne, d'autres ont ajouté qu'elle s'étoit répandue en France avec beaucoup de promptitude.

Rhulière termine très-heureusement par une hyperbole le portrait d'un disputeur :

Au sortir d'un sermon la fièvre le saisit,
Las d'avoir écouté sans avoir contredit ;
Et, tout près d'expirer, gardant son caractère,
Il faisoit disputer le prêtre et le notaire.
Que la bonté divine, arbitre de son sort,
Lui donne le repos que nous rendit sa mort,
Si du moins il s'est tu devant ce grand arbitre !

Le quatrain suivant est encore un exemple de la même figure. Il fut fait à l'occasion d'un prix de mille écus promis à celui qui célébreroit le mieux les victoires du grand Condé :

Pour célébrer tant de vertus,
Tant de hauts faits, et tant de gloire ;
Mille écus, morbleu, mille écus,
Ce n'est pas un sou par victoire.

L'hyperbole est ordinairement gaie et plaisante ; il faut avoir soin qu'elle ne devienne pas triviale.

On s'en sert très-souvent aussi pour s'exprimer avec plus de force. Ceux qui nous écoutent, rabattent d'une expression exagérée ce qu'il faut en rabattre ; mais ils n'en ont pas moins reçu une impression plus forte qu'elle ne l'auroit été, si l'on n'avoit employé que les termes propres. C'est dans cette dernière intention, par exemple, que vous priez quelqu'un de vouloir bien faire *mille* amitiés de votre part à des amies dont vous vous trouvez éloignée. On ne se chargeroit certainement pas d'une telle commission, si l'on prenoit vos paroles à la lettre, et si l'on ne savoit pas les interprêter comme elles doivent l'être.

On reproche à Voiture d'avoir prodigué les hyperboles. Il voulut éviter l'emphase de Balzac, et, gâté par le goût de la société qu'il fréquentoit, il tomba dans l'affectation.

Voici deux fragments qui suffiront pour vous le prouver :

Fragments d'une lettre écrite à M. le Cardinal de la Vallette.

« Au sortir de table, le bruit des violons fit monter tout le monde en haut, où l'on trouva une chambre si bien éclairée, qu'il sembloit que le jour, qui n'étoit plus sur la terre, s'y fût retiré tout entier...... Le bal continuoit avec beaucoup de plaisir, quand tout-à-coup un grand bruit que l'on entendit au dehors, obligea toutes les dames de mettre la tête à la fenêtre, et l'on vit sortir d'un grand bois qui étoit à trois cents pas de la maison, un tel nombre de feux d'artifices, qu'il sembloit que toutes les feuilles et tous les troncs d'arbres se convertissent en fusées, que toutes les étoiles du ciel tombassent, et que la sphère du feu voulût prendre la place de la moyenne région de l'air. Ce sont, monseigneur, trois hyperboles, lesquelles appréciées et réduites à la juste valeur des choses, valent trois douzaines de fusées. »

Voiture, dit M. de La Harpe, avoit une sorte d'esprit qui lui étoit particulière, et qui devoit le distinguer ; c'étoit un enjouement quelquefois délicat
et fin ; mais ses succès mêmes servirent à l'égarer,
et chez lui l'affectation gâte tout. On lui trouvoit
de l'agrément : il voulut être toujours agréable
il cessa d'être naturel. Il vaut beaucoup mieux
donner des détails gais et piquants sur les aventu
res que l'on raconte, que de travailler ainsi so
esprit. On a moins de peine, et l'on amuse a
lieu de fatiguer.

e@e@0@0@0@0@0@0@0@0@0@0@0@0@0@0@0@0@0@0@0@0@0@0

LETTRE XV.

DE L'IRONIE.

———

L'ironie est une manière de s'exprimer, par laquelle on dit tout le contraire de ce qu'on veut faire entendre. Elle est très-souvent employée pour donner plus de finesse à la raillerie. En voici des exemples :

Sur les fables de la Motte-Houdart;

Dans les fables de La Fontaine,
Tout est naïf, simple et sans fard;
On n'y sent ni travail, ni peine,
Et le facile en fait tout l'art :
En un mot, dans ce froid ouvrage,
Dépourvu d'esprit et de sel,
Chaque animal tient un langage
Trop conforme à son naturel.
Dans la Motte-Houdart, au contraire,
Quadrupède, insecte, poisson,

Tout prend un noble caractère,
Et s'exprime du même ton.
Enfin, par son sublime organe,
Les animaux parlent si bien,
Que dans Houdart souvent son âne
Est un académicien.

J. B. Rousseau.

Il est vrai que la naïveté des récits de La Fontaine donne à celles mêmes de ses fables dans lesquelles il a le moins observé les règles, un charme que n'ont pas les plus régulières de la Motte. Ce dernier voulut imiter le bon-homme ; mais comme il n'avoit pas son génie, il n'a pas réussi. Ses fables ont cependant une qualité qui doit engager à les lire ; c'est que les moralités en sont presque toujours bien déduites et bien préparées.

Boileau, dans sa neuvième satire, se moque, de la manière la plus adroite et la plus mordante, des mauvais auteurs de son temps. La satire, dit-il, a pour moi beaucoup de charmes : elle assaisonne le plaisant et l'utile, et défend la raison.

C'est pour elle en un mot, que jai fait vœu d'écrire.
Toutefois, s'il le faut, je veux bien m'en dédire,
Et, pour calmer enfin tous ces flots d'ennemis,
Réparer en mes vers les maux qu'ils ont commis.
Puisque vous le voulez, je vais changer de style.
Je le déclare donc : Quinault est un Virgile ;

Pradon comme un soleil en nos ans a paru ;
Pelletier écrit mieux qu'Ablancourt ni Patru ;
Cotin, à ses sermons traînant toute la terre,
Fend les flots d'auditeurs pour aller à sa chaire ;
Sofal est le phénix des esprits relevés ;
Perrin..... bon, mon esprit ! courage ! poursuivez.
Mais ne voyez-vous pas que leur troupe en furie
Va prendre encor ces vers pour une raillerie ?
Et Dieu sait aussitôt que d'auteurs en courroux,
Que de rimeurs blessés s'en vont fondre sur vous !

Boileau rendit un grand service aux lettres, en combattant ainsi le mauvais goût ; mais on lui reproche ces sorties contre Quinault, auquel on rend aujourd'hui la justice qu'il mérite. Il ne faut cependant pas s'étonner de ce jugement du satirique : la sévérité de sa morale et de son goût, dit M. Auger, l'empêchoit de se passionner pour un genre où l'amour fait tout le fonds des idées, et l'harmonieuse foiblesse des vers, une des principales qualités du style.

L'ironie trouve aussi place dans les sujets les plus graves. Dans la tragédie de Britannicus, par exemple, Néron, après l'assassinat de ce jeune prince, paroît devant Agrippine qui l'accuse ouvertement de ce crime. Narcisse alors, pour défendre César, dit à sa mère qu'elle doit se réjouir aussi bien qu'eux d'avoir un ennemi de moins. Agrippine l'interrompt aussitôt, en s'adressant à son fils :

> ... Poursuis, Néron ; avec de tels ministres,
> Par des faits glorieux tu te vas signaler :
> Poursuis. Tu n'as pas fait ce pas pour reculer.

Cette ironie est sanglante. Les prédictions funestes qu'elle renferme ne furent que trop réalisées par la mort d'Octavie, d'Agrippine, et des deux gouverneurs ; et enfin par celle du tyran, qui eut recours à la main d'un esclave pour mettre fin à ses jours.

Vous voyez que cette figure, qui est toujours piquante, peut devenir très-amère. Il faut alors ne l'employer qu'avec beaucoup de réserve : elle blesse profondément celui contre qui elle est dirigée ; elle l'anime, et cette animosité pourroit être funeste.

LETTRE XVI.

DES FIGURES DE MOTS.
DE LA CONJONCTION, ET DE LA DISJONCTION.

———

Les Figures de mots, comme vous le savez, ne consistent plus dans la signification que l'on donne aux mots; mais dans le choix qu'on fait de ceux que l'on emploie, et dans la manière dont on les arrange.

Les seules auxquelles on s'arrête ordinairement, sont : la Conjonction, la Disjonction, et la Répétition.

Dans la conjonction, on fait ressortir les mots, en les réunissant par la même conjonction. Le premier chœur de la tragédie d'Esther en renferme un très-bel exemple. C'est l'endroit dans lequel une Israélite parle des massacres que l'on faisoit des Juifs :

    Quel carnage de toutes parts !

On égorge à la fois les enfants, les vieillards,
Et la sœur et le frère,
Et la fille et la mère,
Le fils dans les bras de son père !
Que de corps entassés, que de membres épars,
Privés de sépulture !

Dans la Henriade, Saint-Louis parle ainsi à Henri IV, de la mort prématurée des fils et des petits-fils de Louis XIV :

. . . . O jours remplis d'alarmes !
O combien les français vont répandre de larmes,
Quand sous la même tombe ils verront réunis
Et l'époux et la femme, et la mère et le fils !

Vous voyez par ces deux exemples, que cette conjonction *et,* répétée ainsi, fait en effet arrêter l'attention sur les mots qu'elle précède.

Lorsqu'on veut, au contraire, que les images se succèdent rapidement, on supprime toutes les conjonctions ; c'est en cela que consiste la seconde figure. Bossuet s'en est servi pour peindre la valeur et l'activité du prince de Condé à la bataille de Rocroi :

« Le voyez-vous comme il vole, ou à la victoire, ou à la mort ? Aussitôt qu'il eut porté de rang en rang l'ardeur dont il étoit animé, on le vit presque en même temps pousser l'aîle droite des ennemis, soutenir la nôtre ébranlée, rallier le françois à demi vaincu, mettre en fuite l'espagnol victorieux, porter partout la terreur, et étonner de ses regards étincelants ceux qui échappoient à ses coups. »

En lisant ce passage, on croit voir le héros culbuter les ennemis, ranimer les siens, et renverser au même instant des vainqueurs étonnés.

La Fontaine a fait de la Disjonction un usage tout différent, en l'employant à peindre la fatigue et la lenteur d'un équipage, accablé par la chaleur et par la difficulté du chemin :

Dans un chemin montant, sablonneux, mal-aisé,
Et de tous les côtés au soleil exposé,
    Six forts chevaux tiroient un coche.
Femmes, moines, vieillards, tout étoit descendu.
L'attelage suoit, souffloit, étoit rendu.

On trouve encore un bel exemple de disjonction dans une épigramme de J. B. Rousseau :

Chrysologue toujours opine ;
C'est le vrai grec de Juvénal :
Tout ouvrage, toute doctrine
Ressortit à son Tribunal.
Faut-il disputer de physique ?
Chrysologue est physicien.
Voulez-vous parler de musique ?
Chrysologue est musicien.
Que n'est-il point ? Docte critique,
Grand poëte, bon scolastique,

Astronome , grammairien ,
Est-ce tout ? Il est politique ,
Jurisconsulte , historien ,
Platoniste , Cartésien ,
Sophiste, rhéteur, empirique ,
Chrysologue est tout , et n'est rien.

Cette vérité est reconnue depuis long-temps.
Notre intelligence a des bornes qui ne nous permettent pas de tout embrasser. Si l'on épuise ses
forces , en cherchant à connoître tout ce que les
autres ont produit , il n'en reste pas assez pour pro-
duire soi-même , et l'on se trouve comme accablé sous le poids de son érudition.

LETTRE XVII.

DE LA RÉPÉTITION.

———

Dans la Répétition, on cherche à donner plus de force à ce que l'on dit, en répétant les mêmes mots et les mêmes tours. C'est une des figures dont les orateurs font le plus fréquent usage.

Massillon, par exemple, dans le sermon sur le pardon des offenses, voulant prouver l'injustice de nos haines, fait voir que ceux qui passent pour nous décrier, ne sont pas toujours aussi coupables que nous le pensons :

« Défiez-vous des rapports qu'on vous a faits de votre frère : les discours les plus innocents nous reviennent tous les jours si empoisonnés par la malignité des langues par où ils passent ; il y a tant de flatteurs indignes qui cherchent à plaire aux dépens de ceux qui ne plaisent pas ; il y a tant d'esprits noirs et mauvais, qui ne trouvent de plaisirs qu'à mettre le mal où il n'est pas, et voir la dissension parmi les hommes; il y a tant de **caractères** indiscrets et légers, et qui disent à contre-temps et d'un air envenimé, ce qui n'avoit été dit d'abord qu'avec des intentions innocentes; il y a tant d'hommes naturellement outrés, et dans la bouche desquels tout s'enfle, tout grossit, tout sort de la vérité simple et naturelle : j'en appelle ici à vous-même. Ne vous est-il jamais arrivé qu'on ait envenimé vos discours les plus innocents, et ajouté à vos récits des circonstances que vous n'aviez pas même pensées? Ne vous êtes-vous pas plaint alors de l'injustice et de la malignité des redites? Pourquoi ne pourriez-vous pas avoir été trompé à votre tour? Et si tout ce qui passe par tant de canaux s'altère d'ordinaire et ne revient jamais à nous comme il a été dit dans sa source, pourquoi voudriez-vous que les discours qui vous regardent vous seul, fussent exempts de cette destinée, et méritassent plus d'attention et de créance?

Vous voyez dans ce passage, et la répétition du même mot, et la répétition du même tour de phrase.

Les tragédies renferment aussi beaucoup d'exemples de cette figure. Un des plus beaux que l'on puisse citer, est le discours de Lusignan à Zaïre. Ce prince infortuné, prisonnier du sultan, enseveli depuis vingt ans dans un cachot, sort enfin de cette prison; et dans le moment même qu'il se livre à l'espérance de revoir sa patrie, qu'il reconnoît

une fille qu'il croyoit perdue, il apprend qu'elle
est sur le point d'abandonner sa religion, et d'ac-
cepter la main d'Orosmane. Ne pouvant pas supporter ce dernier coup, le vieillard exhale ainsi sa
douleur :

Mon Dieu, j'ai combattu soixante ans pour ta gloire;
J'ai vu tomber ton temple et périr ta mémoire;
Dans un cachot affreux abandonné vingt ans,
Mes larmes t'imploraient pour mes tristes enfants;
Et, lorsque ma famille est par toi réunie,
Quand je trouve une fille, elle est ton ennemie.
Je suis bien malheureux !... C'est ton père, c'est moi,
C'est ma seule prison qui t'a ravi ta foi.

Ma fille, tendre objet de mes dernières peines,
Songe au moins, songe au sang qui coule dans tes veines;
C'est le sang de vingt rois, tous chrétiens comme moi;
C'est le sang des héros, défenseurs de ma loi;
C'est le sang des martyrs. O fille encor trop chère!
Connais-tu ton destin? Sais-tu quelle est ta mère?
Sais-tu bien qu'à l'instant que son flanc mit au jour
Ce triste et dernier fruit d'un malheureux amour,
Je la vis massacrer par la main forcenée,
Par la main des brigands à qui tu t'es donnée?
Tes frères, ces martyrs égorgés à mes yeux,
T'ouvrent leurs bras sanglants tendus du haut des cieux.

Ton Dieu que tu trahis, ton Dieu que tu blasphèmes,
Pour toi, pour l'univers, est mort en ces lieux-mêmes;
En ces lieux où mon bras le servit tant de fois,
En ces lieux où son sang te parle par ma voix.

Vois ces murs, vois ce temple envahis par tes maîtres;
Tout annonce le Dieu qu'ont vengé tes ancêtres.
Tourne les yeux : sa tombe est près de ce palais;
C'est ici la montagne où lavant nos forfaits,
Il voulut expirer sous les coups de l'impie;
C'est là que de la tombe il rappela sa vie.
Tu ne saurais marcher dans cet auguste lieu,
Tu n'y peux faire un pas sans y trouver ton Dieu;
Et tu n'y peux rester sans renier ton père,
Ton honneur qui te parle, et ton Dieu qui t'éclaire.
    Je te vois dans mes bras et pleurer et gémir,
Sur ton front pâlissant Dieu met le repentir;
Je vois la vérité dans ton cœur descendue,
Je retrouve ma fille après l'avoir perdue;
Et je reprends ma gloire et ma félicité,
En dérobant mon sang à l'infidélité.

Quoique l'exorde de ce discours ne s'adresse pas
directement à Zaïre, il étoit bien capable de faire
sur elle la plus vive impresssion. La vue d'un père
accablé par les malheurs et les années, dont les
mains portoient encore la marque des fers dont
il avoit été chargé si long-temps, et qui oublioit
cependant toutes ses infortunes, pour ne penser
qu'a la foiblesse de sa fille; tout cela devoit la
toucher profondément.

Les raisons sur lesquelles Lusignan s'appuie ensuite pour la ramener, sont placées dans l'ordre le
plus convenable : elles vont toujours en croissant,

et les dernières sont les plus fortes. Il commence par l'émouvoir en lui rappelant sa mère, massacrée par ceux-mêmes auxquels elle s'est livrée ; en lui présentant le tableau de ses frères, qui, du haut des cieux, tendent vers elle leurs bras sanglants. Il termine par les motifs tirés de la religion : ne devoient-ils pas, en effet, l'emporter sur tout le reste, aux yeux d'un chef de croisés, et sur le cœur d'une jeune princesse élevée dans les mêmes sentiments que son père.

La péroraison n'est pas ici, comme dans les discours oratoires, une réunion vive et pressante des meilleures raisons. Elle ressemble à celle de tous les discours du même genre : elle est pathétique. Le vieillard voit sa fille attendrie ; le bonheur qu'il éprouve remplit ses yeux de larmes ; il la serre entre ses bras ; et ses embrassements achèvent d'entraîner Zaïre.

L'élocution, enfin, ne laisse rien à désirer. La répétition donne beaucoup de force à tout le discours, et les images sont très-belles ; celle-ci, par exemple :

Tes frères, ces martyrs égorgés à mes yeux,
T'ouvrent leurs bras sanglants tendus du haut des cieux.

Le vieillard pouvoit dire simplement, *tes frères te tendent les bras du haut des cieux.* Quelle différence !

Gresset, dans une de ses plus jolies pièces,

la Chartreuse, emploie aussi la répétition. Après.
avoir fait, dans une description pleine d'esprit,
de naturel et de gaité , l'énumération de tous les
désagréments d'une mansarde au cinquième étage,
il dit qu'il la préfère cependant à la plupart des
palais :

> Calme heureux ! loisir solitaire !
> Quand on jouit de ta douceur,
> Quel antre n'a pas de quoi plaire ?
> Quelle caverne est étrangère ,
> Lorsqu'on y trouve le bonheur;
> Lorsqu'on y vit sans spectateur,
> Dans le silence littéraire,
> Loin de tout importun jaseur,
> Loin des froids discours du vulgaire
> Et des hauts tons de la grandeur;
> Loin de ces troupes doucereuses
> Où d'insipides précieuses
> Et de petits fats ignorants
> Viennent , conduits par la folie,
> S'ennuyer en cérémonie,
> Et s'endormir en compliments;
> Loin de ce médisant infâme
> Qui de l'imposture et du blâme
> Est l'impur et bruyant écho;
> Loin de ces sots atrabilaires ,
> Qui, cousus de petits mystères,
> Ne nous parlent qu'incognito;
> Loin de ces ignobles zoïles,

De ces enfileurs de dactyles,
Coiffés de phrases imbéciles
Et de classiques préjugés,
Et qui , de l'enveloppe épaisse
Des pédants de Rome et de Grèce
N'étant point encor dégagés,
Portent leur petite sentence
Sur la rime et sur les auteurs
Avec autant de connoissance
Qu'un aveugle en a des couleurs;
Loin de la gravité chinoise
De ce vieux druïde empesé,
Qui , sous un air symétrisé,
Parle à trois temps , rit à la toise,
Regarde d'un œil apprêté,
Et m'ennuie avec dignité;
Loin de ces faussets du parnasse,
Qui , pour avoir glapi par fois
Quelque épithalame à la glace
Dans un petit monde bourgeois,
Ne causent plus qu'en folles rimes,
Ne vous parlent que d'Apollon,
De Pégase et de Cupidon,
Et telles fadeurs synonymes;
Ignorant que ce vieux jargon,
Relegué dans l'ombre des classes,
N'est plus aujourd'hui de saison
Chez la brillante fiction;
Que les tendres lyres des grâces
Se montent sur un autre ton,

Et qu'enfin, de la foule obscure
Qui rampe au marais d'Hélicon
Pour sauver ses vers et son nom,
Il faut être, sans imposture,
L'interprète de la nature,
Et le peintre de la raison.

Cet exemple, me direz-vous, est un fort joli tableau, dans lequel le poëte a su réunir des ridicules et des travers que l'on rencontre quelquefois. C'est ainsi qu'il faut voir le monde, lorsque les circonstances nous en éloignent, et que nous cherchons à nous consoler ; mais, en général, cet esprit de critique n'est pas agréable. Je suis bien de votre avis. Il est d'ailleurs peu de personnes qui n'aient un côté foible, et le seul moyen, ce me semble, de le faire oublier, c'est de voir avec indulgence les imperfections des autres.

66

LETTRE XVIII.

DES FIGURES DE PENSÉES, ET DE LA PÉRIPHRASE.

———

Il me reste à vous parler maintenant des Figures qui sont indépendantes des mots qu'elles renferment. Il y en a un grand nombre ; mais je ne m'arrêterai qu'aux principales. Les voici :

La Périphrase, la Prétérition, l'Antithèse, la Comparaison, l'Hypotypose, l'Interrogation, la Subjection, la Dubitation, l'Exclamation, l'Apostrophe, l'Imprécation, l'Interruption, la Réticence, la Suspension, la Correction, et la Prosopopée.

La première de ces figures consiste à étendre l'expression d'une pensée qu'on pourroit rendre en moins de mots.

Boileau, dans une épître à ses vers, en fournit un très-bel exemple. Il exprime ainsi, qu'ayant cinquante-huit ans accomplis, il ne peut plus leur

6

donner ni la force, ni les riches couleurs qui les
faisoient rechercher autrefois :

> Mais aujourd'hui qu'enfin la vieillesse venue,
> Sous mes faux cheveux blonds déjà toute chenue,
> A jeté sur ma tête, avec ses doigts pesants,
> Onze lustres complets, surchargés de trois ans,
> Cessez de présumer dans vos folles pensées,
> Mes vers, de voir en foule à vos rimes glacées
> Courir, l'argent en main, des lecteurs empressés.

Vous voyez que Boileau s'est servi de la périphrase pour rendre sa pensée avec plus de grâce.
Cette figure est presque toujours ainsi le langage
de la poésie, dans laquelle des manières de s'exprimer communes ou prosaïques, sont un très-
grand défaut.

J'espère que vous ne trouverez pas mauvais que
je me sois permis de prendre des exemples dans les
ouvrages d'un poëte auquel les femmes reprochent
amèrement sa dixième satire. Je l'ai fait, parce que
je ne me suis jamais aperçu que cette pièce vous
ait indisposée contre lui. Il me semble d'ailleurs
que les femmes devroient bien lui pardonner. Il fut
l'intime ami de Racine; et sans l'épître qu'il lui
adressa, pour le consoler des mauvais succès
qu'obtenoient ses tragédies, nous serions privés
des derniers chefs-d'œuvre de ce poëte.

La Fontaine, dans une fable adressée au jeune

duc du Maine, dit, en faisant l'éloge de ce prince,
que toutes les qualités devancèrent en lui

> Le temps, dont les aîles légères
> N'amènent que trop tôt, hélas ! chaque saison.

Au lieu de dire : le temps, qui passe trop vite.
Dans un de ses chefs-d'œuvre, après avoir parlé
d'une belette qui s'est emparée du terrier d'un
lapin, il ajoute :

> Elle porte chez lui ses pénates, un jour
> Qu'il étoit allé faire à l'aurore sa cour
> Parmi le thym et la rosée.

Cette dernière image est aussi fraîche que l'aurore ; elle a de plus cette heureuse simplicité qui
convient à la fable, et qui fait le désespoir de tous
ceux qui veulent imiter La Fontaine.

J. B. Rousseau, dans une ode au *comte de
Bonneval*, l'engage à venir faire ses vendanges :

> Le soleil, dont la violence
> Nous a fait languir si long-temps,
> Arme de feux moins éclatants
> Les rayons que son char nous lance,
> Et, plus paisible dans son cours,
> Laisse la céleste balance
> Arbitre des nuits et des jours.
>
> L'aurore, désormais stérile
> Pour la divinité des fleurs,

De l'heureux tribut de ses pleurs
Enrichit un dieu plus utile;
Et sur tous les coteaux voisins
On voit briller l'ambre fertile
Dont elle dore nos raisins.

Ce charmant tableau de l'automne n'est cependant que le développement de ces deux pensées: *l'automne est arrivé , et les raisins sont très-beaux.*

L'oraison funèbre de la reine d'Angleterre commence par une périphrase pleine de noblesse et de majesté:

« Celui qui règne dans les cieux, et de qui relèvent tous les empires, à qui seul appartient la gloire, la majesté et l'indépendance, est aussi le seul qui se glorifie de faire la loi aux rois, et de leur donner, quand il lui plaît, de grandes et de terribles leçons. »

Cette figure n'est pas seulement employée pour donner de la noblesse ou de la grâce à l'expression des pensées communes ou basses : on est souvent obligé d'y avoir recours, lorsque l'on veut remplacer des termes durs ou choquants, et des mots que la politesse a bannis de la conversation.

LETTRE XIX.

DE LA PRÉTÉRITION.

S'IL est nécessaire de remplacer par des péri-
phrases des expressions choquantes ou communes,
il est souvent utile de présenter avec délicatesse
des vérités flatteuses.

On essaie quelquefois de les faire passer en
employant la Prétérition, c'est-à-dire, en paroissant
ne toucher que légèrement des choses sur lesquelles
on a soin de s'arrêter.

C'est ce que fait Voltaire dans une épître qu'il
suppose écrite de l'autre monde au maréchal de
Saxe, par le marquis de Rochemore. Ce marquis,
après avoir parlé au maréchal du bruit que font
ses victoires dans les champs élysées, ajoute :

> J'allais vous faire un compliment ;
> Mais parmi les choses étranges

Qu'on dit à la cour de Pluton,
On prétend que ce fier saxon
S'enfuit au seul bruit des louanges,
Comme l'anglais fuit à son nom.

La prétérition s'emploie aussi très-souvent pour s'exprimer d'une manière plus rapide et plus variée. Le même poëte en donne un exemple dans une lettre qu'il écrivoit à sa nièce, pour lui rendre compte de son voyage à Berlin :

« Si j'étais un vrai voyageur, je vous parlerais du Véser et de l'Elbe, et des campagnes fertiles de Magdebourg ; je vous dirais que Magdebourg est presque imprenable ; je vous parlerais de ses belles fortifications, et de sa citadelle construite dans une île entre deux bras de l'Elbe, chacun plus large que la Seine ne l'est vers le pont royal. Mais comme ni vous ni moi n'assiégerons jamais cette ville, je vous jure que je ne vous en parlerai jamais. »

Henri IV, lorsqu'il fait à la reine d'Angleterre le récit des malheurs de la France, dit à cette princesse :

Je ne vous peindrai point le tumulte et les cris,
Le sang de tous côtés ruisselant dans Paris,
Le fils assassiné sur le corps de son père,
Le frère avec la sœur, la fille avec la mère,
Les époux expirants sous leurs toits embrasés,

Les enfants au berceau sur la pierre écrasés :
Des fureurs des humains, c'est ce qu'on doit attendre.

(Henriade, ch. II.)

Cette manière de s'exprimer est très-utile aux orateurs, pour couper d'une manière agréable de longues énumérations. Bossuet, par exemple, dans l'oraison funèbre de la duchesse d'Orléans, après avoir loué la naissance, le courage, et la douceur de cette princesse, fait ensuite l'éloge de son esprit :

« Je pourrois vous faire remarquer qu'elle connoissoit si bien la beauté des ouvrages de l'esprit, que l'on croyoit avoir atteint la perfection, quand on avoit su plaire à Madame : je pourrois encore ajouter que les plus sages et les plus expérimentés admiroient cet esprit vif et perçant, qui embrassoit sans peine les plus grandes affaires, et pénétroit avec tant de facilité dans les plus secrets intérêts. Mais pourquoi m'étendre sur une matière où je puis tout dire en un mot ? Le roi, dont le jugement est une règle toujours sûre, a estimé la capacité de cette princesse, et l'a mise par son estime au-dessus de tous nos éloges.

LETTRE XX.

DE L'ANTITHÈSE.

On emploie cette figure pour faire ressortir ce que l'on dit, en opposant les unes aux autres, dans des phrases construites de la même manière, des pensées qui présentent un contraste frappant.

L'ode de J. B. Rousseau à Philomèle finit par deux strophes qui renferment chacune une antithèse :

Hélas ! que mes tristes pensées
M'offrent des maux bien plus cuisants !
Vous pleurez des peines passées ;
Je pleure des ennuis présents :

Et, quand la nature attentive
Cherche à calmer vos déplaisirs,
Il faut même que je me prive
De la douceur de mes soupirs.

Ces vers ont une teinte de mélancolie qui convient parfaitement au sujet, et terminent très-bien une suite de quatrains pleins de grâce et de douceur.

L'épître suivante, adressée par Voltaire, âgé de soixante-douze ans, à M. François de Neufchâteau qui commençoit à se distinguer dans les lettres, est une suite d'antithèses dont l'ensemble forme le compliment le plus flatteur :

> Si vous brillez à votre aurore,
> Quand je m'éteins à mon couchant ;
> Si dans votre fertile champ
> Tant de fleurs s'empressent d'éclore,
> Lorsque mon terrain languissant
> Est dégarni des dons de Flore ;
> Si votre voix jeune et sonore
> Prélude d'un ton si touchant,
> Quand je fredonne à peine encore
> Les restes d'un lugubre chant ;
> Si des grâces qu'en vain j'implore,
> Vous devenez l'heureux amant ;
> Et si ma vieillesse déplore
> La perte de cet art charmant,
> Dont le dieu des vers vous honore ;
> Tout cela peut m'humilier ;
> Mais je n'y vois point de remède ;
> Il faut bien que l'on me succède,
> Et j'aime en vous mon héritier.

Il est impossible de trouver quelque chose de

plus gracieux et de plus délicat que cette épître. En général, plus on relit la Henriade, Mérope, Zaïre, Alzire, etc., et surtout les poésies légères de ce poëte, plus on regrette qu'il ait passé tant de temps à poursuivre une religion, qui, pour se venger du ridicule dont il essayoit en vain de la couvrir, lui inspiroit les morceaux les plus frappants de son poëme épique, et les plus belles scènes de ses tragédies. Tous les écrivains, d'ailleurs, ne devroient-il pas la respecter? Des malheureux battus par la tempête, n'ayant plus devant les yeux que la mort la plus affreuse, aperçoivent un phare qui leur annonce une terre où ils échapperont au naufrage. Cet astre consolant fait renaître en leurs cœurs une espérance prête à s'éteindre ; le trépas disparoît ; les courages se raniment : ne seroit-il pas cruel de leur enlever cette lumière?

L'antithèse donne à la plupart des portraits répandus dans la Henriade, beaucoup de force et de précision :

Parallèle de Richelieu et de Mazarin :

Richelieu, Mazarin, ministres immortels,
Jusqu'au trône élevés de l'ombre des autels,
Enfants de la fortune et de la politique,
Marchèrent à grands pas au pouvoir despotique.
Richelieu, grand, sublime, implacable ennemi ;
Mazarin, souble, adroit, et dangereux ami ;

L'un fuyant avec art , et cédant à l'orage;
L'autre aux flots irrités opposant son courage :
De leur prince tous deux ennemis déclarés;
Tous deux haïs du peuple , et du peuple admirés.
Enfin par leurs efforts ou par leur industrie ,
Utiles à leur roi , cruels à la patrie.

On trouve aussi des exemples de cette figure dans l'écriture sainte.

Saint-Paul, par exemple, dans la première épître aux Corinthiens, parle ainsi de la patience et de la charité des premiers chrétiens :

« On nous maudit, et nous bénissons ; on nous persécute, et nous souffrons ; on nous dit des injures, et nous répondons par des prières. »

L'antithèse est une figure trop brillante, pour qu'il soit permis de la prodiguer. Quand elle est bien amenée , et que la recherche ne s'y fait pas sentir , elle donne au style de la grâce et de la vivacité; mais elle devient un défaut dès qu'elle n'est plus naturelle. Telles sont les suivantes :

« Heureux qui n'alla pas après les richesses! Plus heureux qui les refusa lorsqu'elles allèrent à lui ! »

(Fléchier, oraison funèbre de M. de Lamoignon).

« Qui ne sait qu'elle fut admirée dans un âge où les autres ne sont pas encore connues; qu'elle eut de la sagesse en un temps où l'on n'a presque pas encore de la raison; . . . . et qu'elle fut capable de donner des conseils en un temps où les autres sont à peine capables d'en recevoir. »

(Le même, orais. funèb. de Mad. de Montausier).

Dans la première citation, dit M. Rollin, l'antithèse roule sur un jeu de mots, ce qui est déplacé dans toute composition grave ; dans la seconde elle est trop souvent répétée.

〜〜〜〜〜〜〜〜〜〜〜〜〜〜〜〜〜〜〜〜〜〜〜〜〜〜〜〜〜〜〜〜

LETTRE XXI.

DE LA COMPARAISON.

Dans la comparaison, on cherche à donner plus de force, ou plus de grâce, à ce qu'on dit, en le comparant à quelque autre chose.

Bossuet, par exemple, pouvoit-il mieux peindre le prince de Condé, que par cette comparaison :

« Comme une aigle qu'on voit toujours, soit qu'elle vole au milieu des airs, soit qu'elle se pose sur le haut de quelque rocher, porter de tous côtés des regards perçants, et tomber si sûrement sur sa proie, qu'on ne peut éviter ses ongles non plus que ses yeux ; aussi vifs étoient les regards, aussi vive et impétueuse étoit l'attaque, aussi fortes et inévitables étoient les mains du prince de Condé. »

J. B. Rousseau, dans la strophe suivante, ne

nous donne-t-il pas la plus haute idée de la valeur des croisés :

> Comme un torrent fougueux qui, du haut des montagnes
> Précipitant ses eaux, traîne dans les campagnes
> Arbres, rochers, troupeaux, par son cours emportés :
> Ainsi de Godefroi les légions guerrières
> Forcèrent les barrières
> Que l'Asie opposoit à leurs bras indomptés.

Toute cette strophe est admirable : la comparaison qui la commence est magnifique; les vers sont très-beaux, et le cinquième exprime on ne peut mieux toute la résistance des infidèles.

Dans les deux exemples que vous venez de lire, l'orateur et le poëte ont employé la comparaison pour peindre avec plus d'énergie le choc irrésistible des guerriers dont ils faisoient l'éloge. Dans les autres exemples, cette figure n'est plus qu'un ornement.

Le premier est tiré du second chœur de la tragédie d'Athalie. Une des jeunes filles qui le composent, dit, en parlant de Joas :

> Tel en un secret vallon,
> Sur le bord d'une onde pure,
> Croît à l'abri de l'aquilon,
> n jeune lis, l'amour de la nature.
> a du monde élevé, de tous les dons des cieux
> Il est orné dès sa naissance;

Et du méchant l'amour contagieux
N'altère point son innocence.

Fénélon, dans Télémaque, emploie une comparaison semblable. Idoménée vient d'immoler son
fils, pour s'acquitter d'un vœu qu'il avoit fait à
Neptune :

« L'enfant tombe dans son sang; ses yeux se couvrent
des ombres de la mort; il les entr'ouvre à la lumière;
mais à peine l'a-t-il trouvée, qu'il ne peut plus la supporter. Tel un beau lis au milieu des champs, coupé
dans sa racine par le tranchant de la charrue, languit
et ne se soutient plus; il n'a point encore perdu cette
vive blancheur et cet éclat qui charme les yeux; mais
la terre ne le nourrit plus, et sa vie est éteinte : ainsi le
fils d'Idoménée, comme une jeune et tendre fleur, est
cruellement moissonné dès son premier âge. »

Voltaire s'est servi de la même figure, dans
une épître à madame du Deffant. Après lui avoir
parlé des entretiens charmants qu'elle avoit avec
madame la duchesse de Choiseul, il ajoute qu'il se
gardera bien d'aller les ennuyer :

Si j'allais très-imprudemment
Troubler vos séances secrètes,
Que diriez-vous d'un chat-huant
Introduit entre deux fauvettes?

Vous voyez que cette comparaison a bien le ton
qui convenoit à une épître légère.

La comparaison doit être naturelle, c'est-à-dire qu'il doit y avoir un rapport facile à saisir entre l'objet et la chose à laquelle on le compare.

L'ode et l'épopée sont les seuls genres dans lesquels La Harpe permet de la multiplier, pourvu qu'elle soit bien placée. Partout ailleurs, il faut ne s'en servir qu'avec réserve. Il y a même des comparaisons qui sont devenues des espèces de lieux communs que l'on trouve partout, et qu'on ne peut employer qu'en les rajeunissant. Telles sont les comparaisons entre un héros et un lion ; un enfant mort jeune, et une fleur moissonnée dans son printemps, etc. Telle est encore celle entre la fraîcheur d'une jeune personne et la fraîcheur d'une rose ; et si cette raison-là ne m'avoit pas retenu, j'aurois pu faire ici de cette image la plus heureuse application.

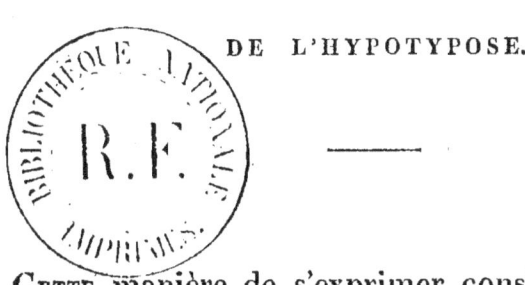

LETTRE XXII.

DE L'HYPOTYPOSE.

———

Cette manière de s'exprimer consiste à supposer ceux qui nous écoutent présents à une action qu'on ne fait cependant que leur raconter. C'est une figure très-vive et très-hardie, qui n'est employée que par les orateurs, et dans la haute poésie.

En voici deux exemples qui sont tirés de l'oraison funèbre du prince de Condé :

« C'étoit une de ses maximes, dit Bossuet, en parlant de son héros, qu'il falloit craindre les ennemis de loin pour ne les plus craindre de près, et se réjouir à leur approche. Le voyez-vous comme il considère tous les avantages qu'il peut ou donner ou prendre ? avec quelle vivacité il se met dans l'esprit en un moment les temps, les lieux, les personnes, et non seulement leurs intérêts et leurs talents, mais encore leurs humeurs et leurs caprices ! Le voyez-vous comme il compte la cavalerie et l'infanterie des ennemis, par le naturel des pays ou des princes confédérés ! Rien n'échappe à sa prévoyance. Avec cette prodigieuse compréhension de tout le détail et du plan universel de la guerre, on le voit toujours attentif à ce qui survient ; il tire d'un déserteur, d'un transfuge, d'un prisonnier, d'un passant, ce qu'il veut dire, ce qu'il veut taire, ce qu'il sait, et pour ainsi dire, ce qu'il ne sait pas : tant il est sûr dans ses conséquences ! »

Le second passage n'est pas moins beau que le précédent. L'orateur va parler de la défaite de Mercy, général des troupes de l'empire :

« Arrêtez-ici vos regards, il se prépare contre le prince quelque chose de plus formidable qu'à Rocroi ; et, pour éprouver sa vertu, la guerre va épuiser toutes ses inventions et tous ses efforts. Quel objet se présente à mes yeux ? Ce ne sont pas seulement des hommes à combattre, ce sont des montagnes inaccessibles ; ce sont des ravines et des précipices d'un côté ; c'est de l'autre un bois impénétrable dont le fond est un marais, et, derrière des ruisseaux, de prodigieux retranchements : ce sont partout des forts élevés, et des forêts abattues qui traversent des chemins affreux ; et au-dedans, c'est Mercy avec ses braves Bavarois, enflés de tant de succès et de la prise de Fribourg ; Mercy qu'on ne vit jamais reculer dans les combats ; Mercy que le prince de Condé et le vigilant Turenne n'ont jamais surpris dans un mouvement irrégulier, et à qui ils ont rendu ce grand témoignage, que jamais il n'avoit perdu un seul moment favorable, ni manqué de prévenir leurs desseins, comme s'il eût assisté à leurs conseils. »

Il est impossible de faire mieux valoir les circonstances que ne le fait ici Bossuet. Dans les deux morceaux que vous venez de lire, la vivacité de son style soutient d'ailleurs très-bien la hardiesse de la figure. C'est ce qu'on recommande le plus dans l'emploi de l'hypotypose. S'il en étoit autrement, elle ne produiroit aucun effet, et laisseroit apercevoir au contraire que celui qui s'en est servi, n'avoit pas assez de force pour s'élever jusques-là.

J. B. Rousseau dans ses odes a prouvé qu'il pouvoit le faire. Ecoutons-le, par exemple, dans celle à M. *de Grimani,* sur le départ des troupes impériales pour la Hongrie, en 1716 :

> Ils partent ces cœurs magnanimes,
> Ces guerriers dont les noms chéris
> Vont être pour jamais écrits
> Entre les noms les plus sublimes :
> Ils vont en de nouveaux climats
> Chercher de nouvelles victimes
> Au terrible dieu des combats.
>
> A leurs légions indomptables
> Bellone inspire sa fureur :
> Le bruit, l'épouvante et l'horreur
> Devancent leurs flots redoutables ;

Et la mort remet dans leurs mains
Ces tonnerres épouvantables
Dont elle écrase les humains.

Un héros tout brillant de gloire
Les conduit vers ces mêmes bords
Où jadis ses premiers efforts
Ont éternisé sa mémoire.
Sous ses pas naît la liberté ;
Devant lui vole la victoire,
Et Pallas marche à son côté.

O Dieux ! quel favorable augure
Pour ces généreux fils de Mars !
J'entends déjà de toutes parts
L'air frémir de leur doux murmure ;
Je vois sous leur chef applaudi,
Le nord venger avec usure
Toutes les pertes du midi.

Quelle chaleur ! Quelle rapidité dans ce début !
Ne semble-t-il pas, en le lisant, qu'on se précipite,
à la suite de ces légions redoutables, sur les ennemis qu'elles vont combattre ?

LETTRE XXIII.

DE L'INTERROGATION,
DE LA SUBJECTION, ET DE LA DUBITATION.

L'INTERROGATION n'est plus une manière de mettre sous les yeux ce que l'on raconte ; de donner à ce que l'on dit de la grâce, de la délicatesse, ou de la vivacité ; mais un moyen de presser et de confondre celui à qui l'on parle, par des interrogations multipliées. Cette figure, comme vous l'allez voir, est très-énergique.

Dans la tragédie d'Athalie, Joad voyant Josabeth parler à Mathan, s'écrie :

Où suis-je ? De Baal ne vois-je pas le prêtre ?
Quoi ! fille de David, vous parlez à ce traître ?
Vous souffrez qu'il vous parle ? Et vous ne craignez pas
Que du fond de l'abîme entr'ouvert sous ses pas,
Il ne sorte à l'instant des feux qui vous embrasent,
Ou qu'en tombant sur lui ces murs ne vous écrasent ?

Que veut-il ? De quel front cet ennemi de Dieu
Vient-il infecter l'air qu'on respire en ce lieu ?

MATHAN.

On reconnoît Joad à cette violence.
Toutefois il devroit montrer plus de prudence,
Respecter une reine , et ne pas outrager
Celui que de son ordre elle a daigné charger.

Les interrogations dont se sert Joad expriment
avec beaucoup de force combien il étoit indigné
de la conduite de Josabeth. Les caractères de ce
grand-prêtre et de Mathan sont d'ailleurs très-
-bien peints dans ce qu'ils disent. Le premier ne
daignant pas même s'adresser directement au
sacrificateur de Baal , emploie la troisième personne pour s'informer du motif qui l'amène ; et
la réponse de celui-ci n'est qu'une foible imitation
des paroles énergiques de Joad. On reconnoît dans
l'un toute la fierté des anciens chefs du peuple
juif, et dans l'autre toute la bassesse d'un instrument des cruautés d'Athalie.

Massillon , dans le sermon sur la médisance,
combat ainsi les personnes qui s'appuient sur la
légèreté des vices qu'elles censurent , pour se
permettre la médisance :

« Les vices que vous censurez sont légers, dites-vous :
mais n'y ajoutez-vous rien du vôtre ? Les donnez-vous
pour ce qu'ils sont ? Ne mêlez-vous pas au récit que vous en

faites la malignité de vos conjectures ? Ne les mettez-vous pas en un certain point de vue qui les tire de leur état naturel ? N'embellissez-vous pas votre histoire ? Et, pour faire un héros ridicule qui plaise, ne le faites-vous pas tel qu'on le souhaite, et non pas tel qu'il est en effet ? N'accompagnez-vous pas vos discours de certains gestes qui laissent tout entendre ? de certaines expressions qui ouvrent l'esprit de ceux qui vous écoutent à mille soupçons téméraires et flétrissants ? de certain silence même qui donne plus à penser que tout ce que vous auriez pu dire ? Car, qu'il est difficile de se tenir dans les bornes de la vérité, quand on n'est plus dans celles de la charité ? Plus ce qu'on censure est léger, plus l'imposture est à craindre ; il faut embellir pour se faire écouter, et l'on devient calomniateur, où l'on n'avoit pas cru même être médisant. »

Rien n'est plus vrai que ce détail des moyens que l'on emploie souvent pour amuser ceux qui nous écoutent, et il seroit difficile de le mieux exprimer. En général, quel que soit le sermon de cet orateur sur lequel on tombe, on est toujours certain de trouver en lui un homme qui a long-temps étudié le monde, et qui a su pénétrer les secrets du cœur humain. Son éloquence a de plus un charme séduisant qui rend la lecture de ses sermons aussi agréable qu'utile.

Il arrive quelquefois que l'on s'interroge soi-même, en se proposant des objections que l'on réfute aussitôt en y répondant. Cette nouvelle figure a reçu le nom de Subjection.

En voici un très-bel exemple :

« Qu'y a-t-il dans votre état de plus digne d'envie (dit Massillon aux grands qui composoient son auditoire) que le pouvoir de faire des heureux ? Et quel usage plus doux et plus flatteur pourriez-vous faire de votre élévation et de votre opulence ? Vous attirer des hommages ? mais l'orgueil lui-même s'en lasse. Commander aux hommes et leur donner des lois ? mais ce sont là les soins de l'autorité, ce n'en est pas le plaisir. Voir autour de vous multiplier à l'infini vos serviteurs et vos esclaves ? mais ce sont des témoins qui vous embarrassent et vous gênent, plutôt qu'une pompe qui vous décore. Habiter des palais somptueux ? mais vous vous édifiez, dit Job, des solitudes où les soucis et les noirs chagrins viennent bientôt habiter avec vous. Y rassembler tous les plaisirs ? ils peuvent remplir ces vastes édifices, mais ils laisseront toujours votre cœur vide. Trouver tous les jours dans votre opulence de nouvelles ressources à vos caprices ? la variété des ressources tarit bientôt ; tout est bientôt épuisé : il faut revenir sur ses pas, et recommencer sans cesse ce que l'ennui rend insipide, et ce que l'oisiveté a rendu nécessaire. Employez tant qu'il vous plaira vos biens et votre autorité à tous les usages que l'orgueil et les plaisirs peuvent inventer : vous serez rassasiés, mais vous ne serez pas satisfaits ; ils vous montreront la joie, mais ils ne la laisseront pas dans votre cœur. »

(Massillon, petit-carême).

Ce n'est pas toujours dans le dessein de prévenir ou de refuter des objections que l'on s'interroge soi-même. On le fait souvent pour s'exprimer d'une manière plus agréable. Ce nouvel artifice, qui consiste à paroître incertain de ce que l'on doit dire, quoiqu'on n'ait cependant aucune incertitude, s'appelle Dubitation.

La Fontaine s'en est servi dans le préambule d'une fable qu'il composa pour le duc de Bourgogne, qui lui en avoit demandé une qui fût nommée *le Chat et la Souris.*

Pour plaire au jeune prince à qui la renommée
    Destine un temple en mes écrits,
Comment composerai-je une fable nommée
    Le chat et la souris ?

Prendrai-je pour sujet les jeux de la fortune ?
Rien ne lui convient mieux ; et c'est chose commune
Que de lui voir traiter ceux qu'on croit ses amis,
    Comme le chat fait la souris.

Introduirai-je un roi, qu'entre ses favoris
Elle respecte seul, roi qui fixe sa roue,
Qui n'est point empêché d'un monde d'ennemis ;
Et qui, des plus puissants, quand il lui plaît, se joue
    Comme le chat de la souris ?"

Mais insensiblement dans le tour que j'ai pris,
Mon dessein se rencontre : et, si je ne m'abuse,
Je pourrois tout gâter par de plus longs récits.

Le jeune prince alors se joûroit de ma muse
  Comme le chat de la souris.

Les deux premiers vers de ce passage montrent que La Fontaine connoissoit très-bien le mérite de ses fables. Il est impossible de croire que les grands écrivains n'aient pas le sentiment intérieur de leur talent; et s'il est un auteur que l'on puisse excuser de ne l'avoir point renfermé en lui-même, ce doit être celui qui eut tant à se plaindre de son siècle.

ⓔⓔⓔⓔⓔⓔⓔⓔⓔⓔⓔⓔⓔⓔⓔⓔⓔⓔⓔⓔⓔⓔⓔⓔⓔⓔⓔⓔⓔⓔⓔⓔⓔ

LETTRE XXIV.

DE L'EXCLAMATION.

———

Vous verrez sans doute avec plaisir madame de Sévigné succéder à La Fontaine.

Rappelez-vous la lettre où elle parle à madame de Grignan, du désespoir de madame de Longueville, en apprenant la mort de son fils tué au passage du Rhin :

« Madame de Longueville fait fendre le cœur; on alla quérir mademoiselle de Vertus pour dire cette terrible nouvelle. Elle n'avoit qu'à se montrer ; ce retour si précipité marquoit bien quelque chose de funeste. En effet, dès qu'elle parut : *ah ! Mademoiselle !* comment se porte M. votre frère ? Sa pensée n'osa aller plus loin. Madame, il se porte bien de sa blessure. Et mon fils ? On ne lui répondit rien. *Ah ! Mademoiselle, mon fils ! mon cher enfant !* Répondez-moi, est-il mort sur le champ ? N'a-t-il pas eu un seul moment ? *Ah ! mon Dieu, quel sacrifice !*

Et là-dessus elle tombe sur son lit ; et tout ce que la plus
vive douleur peut faire, et par des convulsions, et par
un silence mortel, et par des cris étouffés, et par des
larmes amères, et par des élans vers le ciel, et par des
plaintes tendres et pitoyables, elle a tout éprouvé. Je lui
souhaite la mort, ne comprenant pas qu'elle puisse vivre
après une telle perte. »

Cette lettre est une de celles qui prouvent que
Madame de Sévigné n'a pas moins de talent pour
peindre les scènes les plus tristes, que pour raconter les aventures plaisantes. En la lisant, en effet,
on croit entendre madame de Longueville elle-
même, et voir cette malheureuse mère aux prises
avec la douleur la plus cruelle. Je l'ai transcrite
en entier, parce que c'eût été lui ôter une grande
partie de son intérêt que de la tronquer ; la fin
renferme d'ailleurs un très-bel exemple de Conjonction. Les endroits indiqués dans le commencement
sont ce qu'on appelle des Exclamations. Cette
figure, dont madame de Longueville se sert pour
exhaler sa douleur, est en général l'expression
soudaine d'un sentiment vif et profond.

Dans la tragédie d'Andromaque, Pyrrhus et cette
princesse l'emploient tous les deux ; l'un pour
exprimer son indignation, l'autre pour fléchir un
courroux dont Astyanax va être la victime.

Le roi d'Epire, avant d'immoler ce jeune prince,

vient encore au-devant d'Andromaque, dans l'intention d'essayer une dernière fois de vaincre son orgueil et sa répugnance. Ne pouvant y parvenir, il dit à son confident :

Daigne-t-elle sur nous tourner au moins la vue ?
Quel orgueil !

ANDROMAQUE.
Je ne fais que l'irriter encor.

Sortons.

PYRRHUS.
Allons aux grecs livrer le fils d'Hector.

ANDROMAQUE, *se jettant aux pieds de Pyrrhus :*

Ah ! Seigneur ! arrêtez ! que prétendez-vous faire ?
Si vous livrez le fils, livrez-leur donc la mère !
Vos serments m'ont tantôt juré tant d'amitié !
Dieux ! Ne pourrai-je au moins toucher votre pitié ?
Sans espoir de pardon m'avez-vous condamnée ?

Il seroit impossible de mieux rendre le dévouement de la tendresse maternelle. Tous les autres sentiments d'Andromaque sont étouffés en entendant l'arrêt de mort de son fils ; et, pour conserver des jours qui lui sont si chers, la veuve d'Hector se jette aux pieds du fils d'Achille.

Dans la tragédie d'Horace, une dame romaine, nommée Julie, qui n'a vu que le commencement du combat des Horaces et des Curiaces, vient dire au père des premiers que deux de ses fils ont été tués , et que le troisième a pris la fuite.

Le vieil Horace.

O d'un triste combat effet vraiment funeste !
Rome est sujette d'Albe ! et , pour l'en garantir,
Il n'a pas employé jusqu'au dernier soupir !
Non , non , cela n'est point ; on vous trompe, Julie :
Rome n'est point sujette , ou mon fils est sans vie ;
Je connois mieux mon sang, il sait mieux son devoir.

Julie.

Mille , de nos remparts , comme moi l'ont pu voir.
Il s'est fait admirer tant qu'ont duré ses frères ;
Mais quand il s'est vu seul contre trois adversaires ,
Près d'être enfermé d'eux , sa fuite l'a sauvé.

Le vieil Horace.

Et nos soldats trahis ne l'ont point achevé !
Dans leurs rangs à ce lâche ils ont donné retraite !

Il n'y a rien de plus beau que le caractère de ce vieux romain , qui étouffe la voix de la nature pour n'écouter que celle de sa patrie , et pour ne songer qu'à la lâcheté de son fils. Vous pouvez remarquer aussi dans ses premières paroles , ce retour bien digne d'un homme tel que lui : *non, non, cela n'est point, etc.*

La Fontaine, dans ses fables, a souvent employé l'exclamation , et l'a toujours fait d'une manière admirable.

Quelle vérité , quel naturel , en effet, dans ces plaintes de Guillot!

> Quoi ! toujours il me manquera
> Quelqu'un de ce peuple imbécille !
> Toujours le loup m'en gobera !
> J'aurai beau les compter : ils étoient plus de mille ,
> Et m'ont laissé ravir notre pauvre Robin ,
> Robin-mouton , qui par la ville
> Me suivoit pour un peu de pain ,
> Et qui m'auroit suivi jusques au bout du monde.
> Hélas ! de ma musette il entendoit le son ;
> Il me sentoit venir de cent pas à la ronde.
> Ah ! le pauvre Robin-mouton !

(Le Berger et son troupeau).

LETTRE XXV.

DE L'APOSTROPHE.

———

Cette figure est souvent, comme la précédente, l'expression des sentiments.

Dans la tragédie d'Esther, par exemple, de jeunes israélites déplorent ainsi leur malheur :

UNE ISRAÉLITE.

Déplorable Sion, qu'as-tu fait de ta gloire ?
   Tout l'univers admiroit ta splendeur :
Tu n'es plus que poussière ; et de cette grandeur
Il ne nous reste plus que la triste mémoire.
Sion, jusques au ciel élevée autrefois,
   Jusqu'aux enfers maintenant abaissée,
    Puissé-je demeurer sans voix,
   Si dans mes chants ta douleur retracée,
Jusqu'au dernier soupir n'occupe ma pensée !

TOUT LE CHŒUR.

O rives du Jourdain ! ô champs aimés des cieux !

Sacrés monts, fertiles vallées
Par cent miracles signalées !
Du doux pays de nos aïeux
Serons-nous toujours exilées ?

UNE ISRAÉLITE *seule.*

Quand verrai-je, ô Sion ! relever tes remparts,
Et de tes tours les magnifiques faîtes ?
Quand verrai-je de toutes parts
Tes peuples en chantant accourir à tes fêtes ?

TOUT LE CHŒUR.

O rives du Jourdain ! ô champs aimés des cieux !
Sacrés monts, fertiles vallées
Par cent miracles signalées !
Du doux pays de nos aïeux
Serons-nous toujours exilées ?

C'est cette manière de s'exprimer, dans laquelle on s'adresse momentanément à des êtres animés ou inanimés et souvent même à des choses, que l'on appelle Apostrophe.

Bossuet en fit l'emploi le plus pathétique dans l'oraison funèbre de la duchesse d'Orléans. Tous ceux qui l'écoutoient furent émus jusqu'à verser des larmes, et lui-même ne put retenir les siennes lorsqu'il prononça ces foudroyantes paroles, que l'on ne craint jamais de répéter :

« O nuit désastreuse ! ô nuit effroyable ! où retentit tout à coup cette étonnante nouvelle : Madame se meurt! Madame est morte ! »

8

La péroraison touchante de l'oraison funèbre du prince de Condé, renferme plusieurs beaux exemples d'apostrophe. Il règne surtout dans celle qui termine ce chef-d'œuvre, la douleur la plus douce et la plus vraie.

Dans l'exemple suivant, la même figure est l'expression de la joie la plus vive. Le vieil Horace vient d'apprende par Valère, que la fuite de son fils n'étoit qu'un stratagème dont la soumission d'Albe a été l'heureux résultat :

O mon fils ! ô ma joie ! ô l'honneur de nos jours !
O d'un état penchant l'inespéré secours !
Vertu digne de Rome , et sang digne d'Horace !
Appui de ton pays , et gloire de ta race !
Quand pourrai-je étouffer dans tes embrassements
L'erreur dont j'ai formé de si faux sentiments ?
Quand pourra mon amour baigner avec tendresse
Ton front victorieux de larmes d'allégresse ?

L'apostrophe ne sert pas seulement à exprimer les sentiments ; on l'emploie aussi pour rendre ses pensées avec énergie.

Ecoutons, par exemple, Bossuet parlant de la marine françoise sous Louis XIV:

« Avant lui la France, presque sans vaisseaux, tenoit en vain aux deux mers; maintenant on les voit couvertes depuis le levant jusqu'au couchant de nos flottes victorieuses; et la hardiesse françoise porte partout la terreur avec le nom de Louis.

« Tu céderas, ou tu tomberas sous ce vainqueur, Alger, riche des dépouilles de la chrétienté. Tu disois en ton cœur avare : Je tiens la mer sous mes lois, et les nations sont ma proie. La légèreté de tes vaisseaux te donnoit de la confiance ; mais tu te verras attaquée dans tes murailles comme un oiseau ravissant qu'on iroit chercher parmi les rochers et dans son nid où il partage son butin à ses petits. Tu rends déjà tes esclaves; Louis a brisé les fers dont tu accablois ses sujets, qui sont nés pour être libres sous son glorieux empire. Tes maisons ne sont plus qu'un amas de pierres. Dans ta brutale fureur, tu te tournes contre toi-même, et tu ne sais comment assouvir ta rage impuissante. Mais nous verrons la fin de tes brigandages : les pilotes étonnés s'écrient par avance : « Qui est semblable à Tyr ? et toutefois elle s'est tue dans le milieu de la mer » (*) ; et la navigation va être assurée par les armes de Louis. »

Cet emploi de la seconde personne, qui donne plus d'énergie à la figure, marque de plus le mépris de l'orateur pour la puissance algérienne. Ce ton de supériorité ne devoit pas être désagréable à Louis XIV.

(*) Ezech. ch. 27, v. 52.

LETTRE XXVI.

DE L'IMPRÉCATION.

Le nom seul de cette figure suffit pour annoncer qu'elle n'est jamais l'expression des sentiments tendres. L'Imprécation consiste, en effet, à exhaler sa haine ou sa fureur contre quelqu'un , en accumulant contre lui les souhaits les plus terribles.

Vous vous attendez sans doute à trouver ici les imprécations de Camille contre son frère Horace : je ne tromperai pas votre attente.

Horace, vainqueur des Curiaces, vient trouver Camille qui pleure amèrement un de ces guerriers dont la main lui avoit été promise. Ces regrets irritent un vainqueur, dont les trophées et les reproches viennent encore aigrir le désespoir de sa sœur.

Oublie, lui dit-il enfin, oublie une ardeur cri-
minelle; étouffe des soupirs qui me font rougir,
et ne songe qu'à mon triomphe;

Qu'il soit dorénavant ton unique entretien;
Et préfère du moins au souvenir d'un homme
Ce que doit ta naissance aux intérêts de Rome.

CAMILLE.

Rome, l'unique objet de mon ressentiment!
Rome, à qui vient ton bras d'immoler mon amant!
Rome qui t'a vu naître, et que ton cœur adore!
Rome enfin que je hais parce qu'elle t'honore!
Puissent tous ses voisins, ensemble conjurés,
Saper ses fondements encor mal assurés;
Et, si ce n'est assez de toute l'Italie,
Que l'Orient contre elle à l'Occident s'allie;
Que cent peuples unis des bouts de l'univers
Passent pour la détruire et les monts et les mers;
Qu'elle-même sur soi renverse ses murailles,
Et de ses propres mains déchire ses entrailles!
Que le courroux du ciel allumé par mes vœux
Fasse pleuvoir sur elle un déluge de feux!
Puissé-je de mes yeux y voir tomber la foudre,
Voir ses maisons en cendre, et tes lauriers en poudre;
Voir le dernier romain à son dernier soupir,
Moi seule en être cause et mourir de plaisir!

Tout ce passage est rempli d'une énergie admirable; ces derniers traits surtout sont bien le langage du désespoir et de la fureur. La voix de celle qui

les prononçoit n'eut pas assez de force sur le cœur d'un frère pour les faire pardonner.

Dans une des dernières scènes de la tragédie d'Athalie, cette reine n'ayant aucun autre moyen d'exercer sa vengeance sur Joas, le fait en souhaitant qu'il commette tous les crimes dont elle-même s'est rendue coupable :

> . . . . . . Dieu des Juifs, tu l'emportes !
> David, David triomphe; Achab seul est détruit.
> Impitoyable Dieu, toi seul as tout conduit !
> C'est toi qui, me flattant d'une vengeance aisée,
> M'as vingt fois en un jour à moi-même opposée;
> Tantôt pour un enfant excitant mes remords,
> Tantôt m'éblouissant de tes riches trésors
> Que j'ai craint de livrer aux flammes, au pillage.
> Qu'il règne donc ce fils, ton soin et ton ouvrage !
> Et que, pour signaler son empire nouveau,
> On lui fasse en mon sein enfoncer le couteau !
> Voici ce qu'en mourant lui souhaite sa mère:
> Que dis-je, souhaiter ! Je me flatte, j'espère
> Qu'indocile à ton joug, fatigué de ta loi,
> Fidèle au sang d'Achab qu'il a reçu de moi,
> Conforme à son aïeul, à son père semblable,
> On verra de David l'héritier détestable
> Abolir tes honneurs, profaner ton autel,
> Et venger Athalie, Achab, et Jezabel.

Ces souhaits funestes ne furent que trop accomplis. Après avoir fait régner la piété pendant trente ans, Joas s'abandonna aux mauvais conseils des flatteurs, et se souilla du meurtre de Zacharie, fils et successeur de Joad.

Calypso, dans Télémaque, emploie aussi l'imprécation, pour appeler la colère des dieux sur la tête de ce jeune prince.

Cette déesse, dont une jalousie cruelle troubloit le cœur, sut que Télémaque, dans une chasse, n'avoit cherché qu'à se dérober aux autres Nymphes, pour parler à Eucharis. Ne pouvant plus alors modérer son ressentiment : Est-ce donc ainsi, lui dit-elle,

« Est-ce donc ainsi, ô jeune téméraire, que tu es venu dans mon île pour échapper au juste naufrage que Neptune te préparoit, et à la vengeance des dieux ? N'es-tu entré dans cette île, qui n'est ouverte à aucun mortel, que pour mépriser ma puissance et l'amour que je t'ai témoigné ? O divinités de l'Olympe et du Styx, écoutez une malheureuse déesse ! Hâtez-vous de confondre ce perfide, cet ingrat, cet impie ! Puisque tu es encore plus dur et plus injuste que ton père, puisses-tu souffrir des maux encore plus longs et plus cruels que les siens ! Non, non, que jamais tu ne revoies ta patrie, cette pauvre et malheureuse Ithaque, que tu n'as point eu de honte de préférer à l'immortalité ! Ou plutôt, que tu périsses en la voyant de loin, au milieu de la mer, et que ton corps, devenu le jouet des flots, soit rejeté, sans espérance de sépulture, sur le sable de ce rivage ! Que mes yeux le voient manger par les vautours ! Celle que tu aimes le verra aussi : elle le verra; elle en aura le cœur déchiré ; et son désespoir fera mon bonheur. »

L'imprécation est toujours ainsi le langage de la passion. C'est pour cette raison qu'on ne la rencontre que dans les poëmes épiques, et dans les tragédies.

❦❦❦❦❦ ❦❦❦❦❦❦❦❦❦❦❦❦❦❦❦❦❦❦❦❦❦❦❦❦❦❦❦❦❦❦

LETTRE XXVII.

DE L'INTERRUPTION, DE LA RÉTICENCE,
ET DE LA SUSPENSION.

———

L'Interruption consiste à passer d'une pensée à une autre, sans avoir achevé l'expression de la première. C'est souvent la douleur qui ôte la force de continuer ; c'est quelquefois aussi la violence de la passion qui empêche de le faire.

Une des dernières scènes de la tragédie d'Iphigénie en offre de très-beaux exemples.

Un officier d'Agamemnon vient chercher cette jeune princesse pour la conduire à l'autel où elle doit être sacrifiée. Clytemnestre ne voulant pas abandonner sa fille, l'officier lui dit que ses efforts seront inutiles, et que les grecs furieux viendront bientôt la chercher eux-mêmes :

Qu'ils viennent donc sur moi prouver leur zèle impie,

Et m'arracher ce peu qui me reste de vie !
La mort seule, la mort pourra rompre les nœuds
Dont mes bras nous vont joindre et lier toutes deux :
Mon corps sera plutôt séparé de mon âme,
Que je souffre jamais.... ah, ma fille !

IPHIGÉNIE.

Ah ! Madame !

Sous quel astre cruel avez-vous mis au jour
Le malheureux objet d'une si tendre amour !

. . . .

Surtout, si vous m'aimez, par cet amour de mère,
Ne reprochez jamais mon trépas à mon père.

CLYTEMNESTRE.

Lui, par qui votre cœur à Calchas présenté....

IPHIGÉNIE.

Pour me rendre à vos pleurs que n'a-t-il point tenté ?

CLYTEMNESTRE.

Par quelle trahison le cruel m'a déçue !

IPHIGÉNIE.

Il me cédoit aux dieux dont il m'avoit reçue.
Ma mort n'emporte pas tout le fruit de vos feux :
De l'amour qui vous joint vous avez d'autres nœuds ;
Vos yeux me reverront dans Oreste mon frère.
Puisse-t-il être, hélas ! moins funeste à sa mère !
   D'un peuple impatient vous entendez la voix.
Daignez m'ouvrir vos bras pour la dernière fois,
Madame, et rappelant votre vertu sublime.....
Eurybate, à l'autel conduisez la victime.

Clytemnestre déploie dans cette scène tout le

courage d'une mère qui a été trompée de la manière la plus cruelle.

La première interruption est l'expression de sa douleur ; la seconde peint très-bien toute l'horreur que lui inspire un père qui va lui-même égorger son enfant ; la dernière montre le courage d'une jeune princesse qui craint de se laisser abattre par la tendresse la plus louable et la plus naturelle ; et toutes les trois sont très-belles.

L'interruption vient souvent de l'indécision dans laquelle on se trouve , lorsqu'on est obligé de choisir entre plusieurs partis pour lesquels on a de la répugnance ou de l'horreur. Elle indique très-bien alors la rapidité avec laquelle les différents sentiments qui nous agitent , nous font passer d'une résolution à une résolution contraire.

Andromaque, dans la tragédie de ce nom , repoussée d'un côté par l'idée d'épouser le fils d'Achille et le meurtrier de Priam , ne peut se résoudre à lui donner sa main ; mais pressée en même temps par le souvenir de son époux , par l'amour qu'elle a pour son fils , et par les menaces de Pyrrhus, elle dit enfin à sa confidente :

Allons trouver Pyrrhus. Mais non , chère Céphise,
Va le trouver pour moi.

CÉPHISE.

Que faut-il que je dise ?

ANDROMAQUE.

Dis-lui que de mon fils l'amour est assez fort.....
Crois-tu que dans son cœur il ait juré sa mort?
L'amour peut-il si loin pousser sa barbarie?

CÉPHISE.

Madame, il va bientôt revenir en furie.

ANDROMAQUE.

Hé bien, va l'assurer.....

CÉPHISE.

De quoi? de votre foi?

ANDROMAQUE.

Hélas! pour la promettre est-elle encore à moi?
O cendres d'un époux! ô troyens! ô mon père!
O mon fils, que tes jours coûtent cher à ta mère!
Allons.

CÉPHISE..

Où donc, madame? et que résolvez-vous?

ANDROMAQUE.

Allons sur son tombeau consulter mon époux.

Plus on relit ce passage, plus on le trouve beau.
Racine semble avoir puisé dans le cœur même d'Andromaque, cet espoir dont elle aime à se flatter:

Crois-tu que dans son cœur il ait juré sa mort?

et ces belles apostrophes:

O mânes d'un époux! ô troyens! ô mon père!
O mon fils, que tes jours coûtent cher à ta mère!

montrent on ne peut mieux combien lui coûtoit, en effet, le sacrifice auquel elle étoit condamnée.

Ce n'est pas toujours la passion qui est la cause de ce qu'on n'achève pas l'expression d'une pensée. On le fait souvent pour l'exprimer avec plus de force, en ne disant que ce qu'il faut pour qu'on puisse la deviner. Cette nouvelle figure s'appelle Réticence.

Agrippine, dans la tragédie de Britannicus, veut faire sentir à Néron que Sénèque et Burrhus ne lui plaisent plus. Après avoir parlé à cet empereur du soin qu'elle a eu d'éloigner tous les partisans de son rival, elle lui dit :

Je fis plus : je choisis moi-même dans ma suite
Ceux à qui je voulois qu'on livrât sa conduite.
J'eus soin de vous nommer, par un contraire choix,
Des gouverneurs que Rome honoroit de sa voix :
Je fus sourde à la brigue, et crus la renommée;
J'appelai de l'exil, je tirai de l'armée,
Et ce même Sénèque, et ce même Burrhus,
Qui depuis..... Rome alors estimoit leurs vertus.

Ces deux gouverneurs, qu'elle avoit elle-même donnés à son fils, lui déplaisoient alors parce que leur crédit éclipsoit le sien. Il étoit donc bien naturel qu'elle essayât de les écarter.

Voltaire, dans la Henriade, a imité cette réticence en parlant du duc de Biron, qui se trouvoit parmi les guerriers qui accompagnoient Henri IV à la bataille d'Ivry :

Biron , dont le nom seul répandait les alarmes ;
Et son fils , jeune encore , ardent , impétueux ,
Qui depuis.... mais alors il était vertueux.

Ce dernier eut la tête tranchée en 1602, pour avoir conspiré contre les jours d'un roi qu'il avoit servi d'abord avec la plus grande ardeur.

Il arrive aussi quelquefois que les orateurs s'arrêtent après avoir prononcé quelques mots qui ne forment pas un sens. C'est un moyen dont ils se servent pour réveiller l'attention des auditeurs, en tenant leur esprit comme en suspens. Cette troisième espèce d'interruption s'appelle Suspension.

Bossuet s'en est servi dans l'oraison funèbre de la reine d'Angleterre :

« Combien de fois a-t-elle en ce lieu remercié Dieu humblement de deux grandes grâces ; l'une, de l'avoir fait chrétienne ; l'autre, ... Messieurs, qu'attendez-vous ? Peut-être d'avoir rétabli les affaires du roi son fils ? Non ; c'est de l'avoir fait reine malheureuse.

Cette figure, que l'on emploie très-rarement de cette manière , à cause de sa hardiesse , devient quelquefois l'expression de l'enjouement et de la gaieté :

Madame de Sévigné, à M. de Coulanges.

« Je m'en vais vous mander la chose la plus éton-

nante, la plus surprenante, la plus merveilleuse, la plus
miraculeuse, la plus triomphante, la plus étourdissante,
la plus inouïe, la plus singulière, la plus extraordinaire,
la plus incroyable, la plus imprévue, la plus grande, la
plus petite, la plus rare, la plus commune, la plus
éclatante, la plus secrète aujourd'hui, la plus digne
d'envie ; enfin une chose dont on ne trouve qu'un exemple dans les siècles passés, encore cet exemple n'est-il
pas juste ; une chose que nous ne saurions croire à Paris,
comment la pourroit-on croire à Lyon ? Une chose qui
fait crier miséricorde à tout le monde ; une chose qui
comble de joie madame de Rohan et madame de Hauteville;
une chose enfin qui se fera dimanche ; où ceux qui la
verront, croiront avoir la berlue ; une chose qui se fera
dimanche, et qui ne sera peut-être pas faite lundi. Je ne
puis me résoudre à vous la dire, devinez-la : je vous la
donne en trois. Jetez-vous votre langue aux chiens?

« Hé bien ! il faut donc vous la dire : M. de Lauzun
épouse dimanche au Louvre, devinez qui ? Je vous le
donne en quatre, je vous le donne en dix, je vous le
donne en cent. Madame de Coulanges dit : voilà qui est
bien difficile à deviner ! c'est madame de la Vallière.
— Point du tout, madame. — C'est donc mademoiselle
de Retz? — Point du tout ; vous êtes bien provinciale !
Ah ! vraiment nous sommes bien bêtes, dites-vous, c'est
mademoiselle Colbert. — Encore moins. — C'est assuré-
ment mademoiselle de Créqui. — Vous n'y êtes pas. Il faut
donc à la fin vous la dire. Il épouse dimanche, au Louvre,
avec la permission du roi, mademoiselle de..... made-

moiselle... devinez le nom ; il épouse Mademoiselle, fille de feu Monsieur ; Mademoiselle, petite-fille de Henri IV ; Mademoiselle d'Eu, de Dombes, Mademoiselle de Montpensier, Mademoiselle d'Orléans, Mademoiselle, cousine germaine du Roi ; Mademoiselle, destinée au trône; Mademoiselle, le seul parti de France qui fût digne de Monsieur.

Voilà un beau sujet de discourir. Si vous criez, si vous êtes hors de vous-même, si vous dites que nous avons menti, que cela est faux, qu'on se moque de vous, que voilà une belle raillerie, que cela est bien fade à imaginer; si enfin vous nous dites des injures, nous trouverons que vous avez raison; nous en avons fait autant que vous : adieu. Les lettres qui seront portées par cet ordinaire, vous feront voir si nous disons vrai ou non. »

La suspension produit en cet endroit un effet très-agréable. Elle est soutenue par la gaieté la plus vive et la plus naturelle, et par le sujet lui-même. Mais il faudroit bien se garder d'en faire un usage fréquent. Elle marqueroit alors de la prétention; ce que l'on doit éviter avec soin.

LETTRE XXVIII.

DE LA CORRECTION.

En employant cette figure, on cherche encore à s'exprimer avec plus de force. On laisse échapper à dessein quelques idées foibles sur lesquelles on revient, afin de les relever, et de faire ressortir ce que l'on dit ensuite.

Les orateurs s'en servent assez souvent. Massillon, par exemple, après avoir dit que l'aumône est pour ceux qui la font une source de bonheur et d'abondance, ajoute :

« Oui, mes frères, l'aumône est un gain, c'est une usure sainte, c'est un bien qui rapporte ici-bas même au centuple. Vous vous plaignez quelquefois du contre-temps de vos affaires ; rien ne vous réussit, les hommes vous trompent, vos concurrents vous supplantent, vos maîtres vous oublient, les éléments vous contrarient, les mesures les mieux concertées échouent : associez-vous

9

les pauvres, partagez avec eux l'accroissement de votre fortune, augmentez vos largesses à mesure que vos prospérités augmentent, croissez pour eux comme pour vous; alors le succès de vos entreprises sera l'affaire de Dieu-même, vous aurez trouvé le secret de l'intéresser dans votre fortune, et il préservera, que dis-je! il bénira, il multipliera des biens où il verra mêlée la portion de ses membres affligés. »

(Sermon sur l'aumône).

La Correction qui termine ce passage n'est pas la seule figure qui s'y trouve : la Disjonction du commencement mérite d'être remarquée.

Pyrrhus, dans la tragédie d'Andromaque, se sert de cette figure avec beaucoup d'énergie. Il répond à son confident qui lui reprochoit d'aimer toujours cette princesse :

> Moi, l'aimer ! une ingrate
> Qui me hait d'autant plus que mon amour la flatte;
> Sans parents, sans amis, sans espoir que sur moi !
> Je puis perdre son fils, peut-être je le doi;
> Etrangère..... que dis-je! esclave dans l'Epire,
> Je lui donne son fils, mon âme, mon empire:
> Et je ne puis gagner dans son perfide cœur
> D'autre rang que celui de son persécuteur !
> Non, non, je l'ai juré, ma vengeance est certaine:
> J'abandonne son fils.

On trouve encore un très-bel exemple de correc-

tion dans l'ode de J. B. Rousseau sur la mort du
prince de Conti :

Conti n'est plus. O ciel ! ses vertus , son courage,
La sublime valeur, le zèle pour son roi,
N'ont pu le garantir, au milieu de son âge,
    De la commune loi.

Il n'est plus ; et les dieux , en des temps si funestes,
N'ont fait que le montrer aux regards des mortels.
Soumettons-nous. Allons porter ses tristes restes
    Au pied de leurs autels.

Elevons à sa cendre un monument célèbre :
Que le jour de la nuit emprunte les couleurs ;
Soupirons , gémissons sur ce tombeau funèbre
    Arrosé de nos pleurs.

Mais, que dis-je ! ah ! plutôt à sa vertu suprême
Consacrons un hommage et plus noble et plus doux.
Ce héros n'est point mort ; le plus beau de lui-même
    Vit encor parmi nous.

Ce qu'il eut de mortel s'éclipse à notre vue ;
Mais de ses actions le visible flambeau,
Son nom, sa renommée en cent lieux répandue,
    Triomphent du tombeau.

Vous ne trouverez dans ces strophes ni la chaleur, ni la rapidité de celles que vous avez vues
dans la lettre sur l'Hypotypose : c'est ainsi que
l'harmonie doit varier avec les sujets. La chute

formée par ce vers de six syllabes, qui vient après trois alexandrins qui se traînent lentement, convient très-bien à la tristesse. Elle semble indiquer l'accablement de la douleur qui emploie pour s'exhaler le peu qu'elle a de forces, et qui succombe bientôt. Vous n'y trouverez pas non plus cette hardiesse d'expression que l'on admire ordinairement dans Jean-Baptiste. Ici son style est de la plus grande simplicité :

Soumettons-nous. Allons porter ses tristes restes
        Au pied de leurs autels.

Et dans ces vingt vers, le mot *triomphent* est le seul qui ait de la majesté.

LETTRE XXIX.

DE LA PROSOPOPÉE.

———

La Prosopopée consiste à prêter des paroles ou des actions à des personnes absentes , et quelquefois même à des êtres inanimés.

Joad emploie cette figure dans la tragédie d'Athalie , en reprochant à Abner son peu d'ardeur à servir la cause de son Dieu :

> Je crains Dieu, dites-vous, sa vérité me touche !
> Voici comme ce Dieu vous répond par ma bouche :
> « Du zèle de ma loi que sert de vous parer ?
> » Par de stériles vœux pensez-vous m'honorer ?
> » Quel fruit me revient-il de tous vos sacrifices ?
> » Ai-je besoin du sang des boucs et des génisses ?
> » Le sang de vos rois crie et n'est point écouté.
> » Rompez, rompez tout pacte avec l'impiété ;
> » Du milieu de mon peuple exterminez les crimes :
> » Et vous viendrez alors m'immoler vos victimes. »

Burrhus, dans un discours que je vous ai cité en vous parlant de la dissimilitude, se sert aussi de la prosopopée, pour rappeler à Néron l'heureuse tranquillité des premières années de son règne :

> Quel plaisir de penser et de dire en vous-même :
> « Partout en ce moment on me bénit, on m'aime ;
> » On ne voit point le peuple à mon nom s'alarmer ;
> » Le ciel dans tous leurs pleurs ne m'entend point nommer ;
> » Leur sombre inimitié ne fuit point mon visage ;
> » Je vois voler partout les cœurs à mon passage ! »
> Tels étoient vos plaisirs.

Tout ce morceau est une peinture du cœur excellent de ce gouverneur.

Cette manière de s'exprimer est bien propre, comme vous le voyez, à faire une vive impression sur celui qui nous écoute ; et lorsque l'on va remuer et ranimer la cendre des morts, cette hardiesse a quelque chose de lugubre et de respectable qui produit toujours l'effet le plus pathétique, lorsqu'elle est soutenue par une véritable éloquence.

Dans l'oraison funèbre de la reine d'Angleterre, Bossuet, après avoir fait l'éloge du roi Charles Ier, s'adresse ainsi à la reine :

> « Grande Reine ! je satisfais à vos plus tendres désirs quand je célèbre ce monarque, et ce cœur qui n'a jamais

vécu que pour lui, se réveille tout poudre qu'il est, et devient sensible, même sous ce drap mortuaire, au nom d'un époux si cher, à qui ses ennemis mêmes accordent le titre de sage et celui de juste, et que la postérité mettra au rang des grands princes, si son histoire trouve des lecteurs dont le jugement ne se laisse pas maîtriser aux événements ni à la fortune. »

Il étoit impossible de mieux placer un plus beau mouvement oratoire.

Massillon, dans la seconde partie du sermon sur l'aumône, après avoir parlé contre les riches inhumains, ajoute :

« O Dieu, ne maudissez-vous pas ces races cruelles et ces richesses d'iniquité ? Ne leur imprimez-vous pas des caractères de malheur et de désolation qui vont tarir la source des familles, qui font sécher la racine d'une orgueilleuse postérité, qui amènent les divisions domestiques, les disgrâces éclatantes, la décadence et l'extinction entière des maisons ?

Hélas ! on est surpris quelquefois de voir les fortunes les mieux établies s'écrouler tout d'un coup ; ces noms antiques et autrefois si illustres, tombés dans l'obscurité, ne traîner plus à nos yeux que les tristes débris de leur ancienne splendeur, et leurs terres devenues la possession de leurs concurrents ou de leurs esclaves. Ah ! si l'on pouvoit suivre la trace de leurs malheurs, si leurs cendres et les débris qui nous restent de leur gloire dans l'orgueil de leurs mausolées pouvoient parler : Voyez-vous, nous diroient-ils, ces marques lugubres de notre grandeur ? Ce sont les larmes des pauvres que nous négligions, que nous opprimions, qui les ont ruinées peu à peu, et enfin entièrement renversées : leurs clameurs ont attiré sur nos palais la foudre du ciel ; le Seigneur a soufflé sur ces superbes édifices et sur notre fortune, et l'a dissipée comme de la poussière ; que le nom des pauvres soit honorable à vos yeux, si vous voulez que vos noms ne périssent jamais de la mémoire des hommes ; que la miséricorde soutienne vos maisons, si vous voulez que votre postérité ne soit pas ensevelie sous leurs ruines ; devenez sages à nos dépens, et que nos malheurs, en vous instruisant de nos fautes, vous apprennent à les éviter. »

Ce passage est magnifique. Ce n'est pas un de ces lieux communs dans lesquels un orateur ne cherche qu'à déployer son éloquence. Ce qui se passe journellement sous nos yeux, dit un commentateur, nous montre assez toute l'attention qu'il mérite.

Je suis persuadé que vous le reverrez avec plaisir. Je sais que le sermon dans lequel il se trouve est un de ceux dont vous aimez le mieux la lecture. Je n'en suis pas étonné. La bienfaisance est chez vous une vertu de famille que vous cultivez avec soin, et vous voyez, dans les conseils donnés par Massillon, que la manière dont vous faites le bien, est la bonne manière de le faire.

La prosopopée est, comme vous le savez, la dernière des figures de pensées dont je m'étois proposé
de vous parler. Pour terminer ce qui a rapport
aux figures, je n'ai plus qu'à vous faire connoître
quelques remarques générales sur la manière dont
on doit les employer.

LETTRE XXX.

RÉFLEXIONS GÉNÉRALES SUR LES FIGURES.

Les différents exemples que vous avez lus dans les lettres précédentes, vous ont fait voir que les figures servent à donner de la force, de la noblesse, ou de la grâce à l'expression des pensées ou des sentiments; mais il ne faut pas croire qu'elles aient une beauté indépendante. Elles cessent, au contraire, d'être pathétiques ou agréables, quand elles sont mal placées ou multipliées. Loin d'être une beauté, elles deviennent alors un défaut, parce qu'elles choquent l'esprit ou qu'elles le fatiguent. Elles ressemblent, enfin, à ces ornements qui, distribués avec sagesse, et placés avec goût, flattent agréablement la vue, mais qui finissent par nous déplaire, quand nous les voyons trop souvent.

Le seul moyen de faire un heureux emploi des

figures, c'est de commencer par se nourrir de la lecture des grands écrivains, et de se bien pénétrer ensuite des sujets que l'on traite. Elles naissent alors comme d'elles-mêmes, et produisent tout l'effet qu'on peut en attendre ; ce qui ne seroit pas, si, dans le seul dessein d'embellir ce que l'on dit, on les jetoit au hasard, sans que la nature ait indiqué la place qu'elles doivent occuper.

Quand on se destine à l'art oratoire, c'est dans Bossuet, Bourdaloue et Massillon qu'il faut apprendre à se servir des figures. Ce sont les seuls orateurs dans lesquels on trouve toujours des modèles de la véritable éloquence. Dans la poésie noble et soutenue, Racine est de tous les poëtes celui qui en a fait l'usage le plus fréquent et le mieux entendu. J. B. Rousseau est encore un très-bon modèle. Dans la plupart de ses odes et de ses cantates, il les a employées d'une manière aussi heureuse que hardie.

Il n'y a pas une fable de La Fontaine où il n'y ait quelque figure. Cependant il faut une lecture attentive pour les remarquer ; tant elles sont bien amenées, et bien adaptées aux caractères des animaux que le fabuliste met en scène, et à la position dans laquelle ils se trouvent.

Voltaire est dans la poésie légère ce que La Fontaine est dans la fable, c'est-à-dire, le meilleur

modèle que l'on puisse se proposer. Il est toujours
plein de facilité, d'esprit et de grâce. Si l'on peut
lui reprocher d'avoir quelquefois prodigué l'antithèse, c'est la seule figure dont il ait abusé.

Madame de Sévigné dans ses lettres n'a pas fait
un usage moins heureux des figures. Elle les emploie toujours d'une manière si vive et si naturelle,
qu'elles nous plaisent sans qu'on les aperçoive. On
voit qu'elle ne les cherchoit pas un seul instant.
Elles viennent d'elles-mêmes se présenter sous sa
plume, qui n'attendoit jamais ce qu'elle avoit à
dire.

LETTRE XXXI.

DES PÉRIODES.

———

Il ne suffit pas de donner au style de la grâce, de la noblesse ou de la force, et d'y répandre de la variété ; il faut encore que les phrases soient construites, et enchaînées les unes aux autres, de manière à flatter agréablement l'oreille. Cette espèce d'harmonie, qui résulte du son des mots que l'on emploie, et de la manière dont on les arrange, s'appelle Nombre. Il est nécessaire partout, mais principalement dans les Périodes. On a donné ce nom à des phrases composées de plusieurs parties, dont l'ensemble forme un sens complet. Ces parties ou ces Membres renferment aussi un sens, qui est incomplet, et qui dépend du reste de la période.

Il y a des périodes de deux, trois et quatre membres. En voici des exemples :

PÉRIODES A DEUX MEMBRES.

Ce héros (Turenne) étoit aussi admirable, lorsqu'avec jugement et avec fierté il sauvoit les restes des troupes battues à Mariandal , que lorsqu'avec des troupes triomphantes il battoit lui-même les impériaux et les bavarois.

(Fléchier. Oraison funèbre de Turenne).

Si la loi du Seigneur vous touche,
Si le mensonge vous fait peur ,
Si la pitié dans votre cœur
Règne aussi bien qu'en votre bouche;
Parlez, fils des hommes , pourquoi
Faut-il qu'une haine farouche
Préside aux jugements que vous portez sur moi ?

(J. B. Rousseau. Ode contre les hypocrites).

PÉRIODES A TROIS MEMBRES.

S'il y a une occasion au monde où l'âme pleine d'elle-même soit en danger d'oublier son Dieu , c'est dans ces postes éclatants, où un homme, par la sagesse de sa conduite, par la grandeur de son courage, par la force de son bras , et par le nombre de ses soldats, devient comme le dieu des autres hommes; et, rempli de gloire en lui-même, remplit tout le reste du monde d'amour, d'admiration ou de frayeur.

(Mascaron. Oraison funèbre de Turenne).

Ah , seigneur ! qu'éloigné du malheur qui m'opprime
Votre cœur aisément se montre magnanime !

Mais que, si vous voyiez ceint du bandeau mortel
Votre fils Télémaque approcher de l'autel,
Nous vous verrions, troublé de cette affreuse image,
Changer bientôt en pleurs ce superbe langage,
Eprouver la douleur que j'éprouve aujourd'hui,
Et courir vous jeter entre Calchas et lui !

> *(Racine. Iphigénie, act. I. sc. III).*

PÉRIODES A QUATRE MEMBRES.

Soit qu'il fallût préparer les affaires, ou les **décider;** chercher la victoire avec ardeur, ou l'attendre **avec patience;** soit qu'il fallût prévenir les desseins des **ennemis** par la hardiesse, ou dissiper les craintes et les **jalousies** des alliés par la prudence; soit qu'il fallût se **modérer** dans les prospérités, ou se soutenir dans les malheurs de la guerre; son âme fut toujours égale.

> *(Fléchier. Oraison funèbre de Turenne).*

Si le héros dont je fais l'éloge n'avoit su que **combattre** et que vaincre, sans que sa valeur et que sa **prudence** fussent animées d'un esprit de foi et de charité, **content** de le mettre au rang des Scipion et des Fabius, je laisserois à la vanité le soin de louer la vanité, et **je ne** parlerois de sa gloire que pour déplorer son malheur.

> *(Le même. Même orais. fun.)*

Tous les membres de la période doivent bien concourir au même but; afin de ne pas détourner l'attention, en présentant plusieurs idées à l'esprit.

Il faut de plus qu'elle soit d'une longueur raisonnable, et qu'elle flatte agréablement l'oreille par une harmonie douce, majestueuse et soutenue. C'est surtout au commencement et à la fin que l'on recommande d'apporter le plus de soin : le charme du style doit d'abord entraîner, et laisser en finissant une impression agréable.

Cette lettre, Mademoiselle, termine ce que j'avois à vous dire sur le style en général. Il ne me reste plus qu'à vous parler en particulier des différentes espèces de styles. Il y en a réellement une infinité, puisque chaque écrivain a une manière d'écrire qui lui est propre. Mais on peut les regarder tous comme des nuances de trois espèces principales qui sont : le style simple, le style sublime, et le style tempéré. Les lettres suivantes renfermeront les différentes remarques qui ont été faites sur chacun d'eux.

LETTRE XXXII.

DU STYLE SIMPLE.

Il y a deux espèces de style simple. Dans l'un, toutes les pensées sont exprimées de la manière la plus simple; rien n'y brille. L'autre est celui de toutes les compositions où l'imagination peut s'abandonner à sa vivacité. On peut y répandre des ornements, pourvu qu'ils soient placés avec beaucoup de goût, et soutenus par une facilité qui les laisse à peine apercevoir.

Voici trois lettres qui sont d'excellents exemples du premier de ces styles :

Madame de Sévigné, à Madame de Grignan.

A Paris. Mercredi 28 août 1675.

« Vraiment, ma fille, je m'en vais bien vous parler encore de M. de Turenne. Madame d'Elbœuf me pria hier

10

de dîner avec elle, afin de parler de son affliction. Madame
de La Fayette y étoit : nous fîmes bien précisément ce
que nous avions résolu ; les yeux ne nous séchèrent pas.
Madame d'Elbœuf avoit un portrait divinement bien fait
de ce héros, dont tout le train étoit arrivé à onze heures :
ces pauvres gens, déjà tout habillés de deuil, ne faisoient
que pleurer ; il y vint trois gentilshommes qui pensèrent
mourir de voir ce portrait ; c'étoient des cris qui faisoient
fendre le cœur ; ils ne pouvoient prononcer une parole ;
ses valets de chambre, ses laquais, ses pages, ses trom-
pettes, tout étoit fondu en larmes, et faisoit fondre les
autres. Le premier qui fut en état de parler, répondit
à nos tristes questions : nous nous fîmes raconter sa
mort.

« Il monta à cheval le samedi à deux heures, après
avoir mangé ; et comme il y avoit bien des gens avec lui,
il les laissa tous à trente pas de la hauteur où il vouloit
aller, et dit au petit d'Elbœuf : « Mon neveu, demeurez
là ; vous ne faites que tourner autour de moi, vous me
feriez reconnoître. » M. d'Hamilton, qui se trouva près
de l'endroit où il alloit, lui dit : « Monsieur, venez par
ici, on tirera du côté où vous allez. » « Monsieur, lui dit-
il, vous avez raison, je ne veux point du tout être tué
aujourd'hui ; cela sera le mieux du monde. » Il eut à
peine tourné son cheval, qu'il aperçut Saint-Hilaire, le
chapeau à la main, qui lui dit : « Monsieur, jetez les
yeux sur cette batterie que je viens de faire placer là. »
Monsieur de Turenne revint, et dans l'instant, sans être
arrêté, il eut le corps et le bras fracassés du même coup
qui emporta le bras et la main qui tenoit le chapeau de

Saint-Hilaire. Ce gentilhomme, qui le regardoit toujours, ne le voit point tomber; le cheval l'emporte où il avoit laissé le petit d'Elbœuf; il étoit penché le nez sur l'arçon. Dans ce moment le cheval s'arrête, le héros tombe entre les bras de ses gens; il ouvre deux fois de grands yeux et la bouche, et demeure tranquille pour jamais. Songez qu'il étoit mort, et qu'il avoit une partie du cœur emportée.

" On crie, on pleure : M. d'Hamilton fait cesser ce bruit, et ôter le petit d'Elbœuf qui s'étoit jeté sur le corps, qui ne vouloit pas le quitter, et qui se pâmoit de crier. On couvre le corps d'un manteau; on le porte dans une haye : on le garde à petit bruit. Un carrosse vient; on l'emporte dans sa tente : ce fut là où M. de Lorges, M. de Roye, et beaucoup d'autres, pensèrent mourir de douleur; mais il fallut se faire violence, et songer aux grandes affaires qu'on avoit sur les bras.

On lui a fait un service militaire dans le camp, où les larmes et les cris faisoient le véritable deuil : tous les officiers avoient pourtant des écharpes de crêpe; tous les tambours en étoient couverts; ils ne battoient qu'un coup; les piques traînantes et les mousquets renversés : mais ces cris de toute une armée ne peuvent pas se représenter sans que l'on en soit ému. Ses deux neveux étoient à cette pompe dans l'état que vous pouvez penser. M. de Roye, tout blessé, s'y fit porter; car cette messe ne fut dite que quand ils eurent repassé le Rhin. Je pense que le pauvre chevalier de Grignan étoit bien abîmé de douleur. Quand ce corps a quitté son armée, ç'a encore

été une désolation ; et partout où il a passé, on n'entendoit que des clameurs. Mais à Langres, ils se sont sur-
passés ; ils allèrent au-devant de lui en habits de deuil,
au nombre de plus de deux cents, suivis du peuple ; tout
le clergé en cérémonie. Il y eut un service solennel dans
la ville ; en un moment ils se cotisèrent tous pour cette
dépense, qui monta à cinq mille francs, parce qu'ils re-
conduisirent le corps jusqu'à la première ville, et vou-
lurent défrayer tout le train. Que dites-vous de ces
marques naturelles d'une affection fondée sur un mérite
extraordinaire ? Il arrive à Saint-Denis ce soir ; tous ses
gens l'allèrent reprendre à deux lieues d'ici. Il sera dans
une chapelle en dépôt ; on lui fera un service à Saint-
Denis, en attendant celui de Notre-Dame, qui sera
solennel.

Ne craignez pas que son souvenir soit déjà fini dans
ce pays-ci : ce fleuve qui entraîne tout, n'entraînera pas
une telle mémoire ; elle est consacrée à l'immortalité.
Chacun conte l'innocence de ses mœurs, la pureté
de ses intentions, son humilité éloignée de toute sorte
d'affectation, la solide gloire dont il étoit plein, sans faste
et sans ostentation, aimant la vertu pour elle-même, sans
se soucier de l'approbation des hommes, une charité
généreuse et chrétienne. »

Cette lettre, pleine d'abandon et de simplicité,
n'en est pas moins le plus beau monument élevé à
la gloire de Turenne. L'éloge de ce héros, par
Fléchier, mérite, il est vrai, toute la réputation

dont il jouit. Cependant, dit M. de La Harpe, malgré les beautés de cette oraison funèbre, dont l'exorde est un chef-d'œuvre, quelques lignes jetées sans apprêt par madame de Sévigné, font plus aimer M. de Turenne, et donnent une plus grande idée de sa perte. Ce tableau de la désolation de l'armée n'est-il pas, en effet, au-dessus de tout ce que l'on pourroit dire : *On lui a fait un service dans le camp,* etc. ; la démarche des habitants de Langres n'est-elle pas au-dessus de tous les triomphes?

Madame de Sévigné à la même.

Voici un terrible jour, ma chère enfant ; je vous avoue que je n'en puis plus. Je vous ai quittée dans un état qui augmente ma douleur. Je songe à tous les pas que vous faites, et à tous ceux que je fais ; et combien il s'en faut qu'en marchant toujours de cette sorte, nous puissions jamais nous rencontrer ! Mon cœur est en repos quand il est auprès de vous : c'est son état naturel, et le seul qui peut lui plaire.

Je n'espère de consolations que dans vos lettres, qui me feront encore bien soupirer. En un mot, ma fille, je ne vis que pour vous. Jamais un départ n'a été si triste que le nôtre ; nous ne disions pas un mot. Adieu, ma chère enfant ; plaignez-moi de vous avoir quittée. Hélas ! nous voilà dans les lettres.

Ce langage est bien celui de la véritable douleur.

Madame de La Fayette, à Madame de Sévigné.

« Voici ce que j'ai fait depuis que je ne vous ai écrit : j'ai eu deux accès de fièvre ; il y a six mois que je n'ai été purgée : on me purge une fois, on me purge deux ; le lendemain de la deuxième je me mets à table : ah, ah ! j'ai mal au cœur, je ne veux point de potage : — mangez donc un peu de viande ; — non, je n'en veux point : — mais vous mangerez un peu de fruit ; — je crois que oui : — hé bien, mangez-en donc ; — je ne saurois, je mangerai tantôt ; que l'on m'ait ce soir un potage et un poulet.

Voici le soir, voilà un potage et un poulet ; je n'en veux point ; je suis dégoûtée ; je m'en vais me coucher, j'aime mieux dormir que de manger. Je me couche, je me tourne, je me retourne, je n'ai point de mal, mais je n'ai point de sommeil aussi ; j'appelle, je prends un livre, je le referme ; le jour vient, je me lève, je vais à la fenêtre : quatre heures sonnent, cinq heures, six heures ; je me recouche, je m'endors jusqu'à sept ; je me lève à huit, je me mets à table à douze inutilement, comme la veille ; je me remets dans mon lit le soir inutilement, comme l'autre nuit. Etes-vous malade ? nani : êtes-vous plus foible ? nani. Je suis dans cet état trois jours et trois nuits : je redors présentement ; mais je ne mange encore que par machine, comme les chevaux, en me frottant la bouche de vinaigre : du reste, je me porte bien, et je n'ai pas même si mal à la tête. »

Ce style coupé est ici très-agréable ; mais il ne faudroit pas en faire un fréquent usage, parce qu'il fatigueroit promptement.

Pour vous donner des exemples de la seconde espèce de style simple, j'ouvre au hasard les lettres de madame de Sévigné, et je transcris celle qui se présente.

A M. le duc de Chaulnes.

« Mais, mon Dieu, quel homme vous êtes, mon cher gouverneur ! On ne pourra plus vivre avec vous ; vous êtes d'une difficulté pour le pas, qui nous jettera dans de furieux embarras. Quelle peine ne donnâtes-vous point l'autre jour à ce pauvre ambassadeur d'Espagne ? Pensez-vous que ce soit une chose bien agréable de reculer tout le long d'une rue ? Et quelle tracasserie faites-vous encore à celui de l'empereur sur les franchises ? Ce pauvre sbirre si bien épousseté en est une belle marque ; enfin, vous êtes devenu tellement pointilleux, que toute l'Europe songera à deux fois, comme elle se devra conduire avec V. Exc. Si vous apportez cette humeur, nous ne vous reconnoîtrons plus.

Parlons maintenant de la plus grande affaire qui soit à la cour. Votre imagination va tout droit à de nouvelles découvertes ; vous croyez que le roi, non content de Mons et de Nice, veut encore le siége de Namur ; point du tout, c'est une chose qui a donné plus de peine à S. M., et qui lui a coûté plus de temps que ses dernières conquêtes ; c'est la défaite des fontanges à platte couture ; plus de coiffures élevées jusqu'aux nues, plus de casques, plus de rayons, plus de bourgognes, plus de jardinières ; les princesses ont paru de trois quartiers moins hautes qu'à l'ordinaire ; on fait usage de ses cheveux, comme on faisoit il y a dix ans. Ce changement a fait un bruit et une discorde à Versailles qu'on ne sauroit vous représenter. Chacun raisonnoit à fond sur cette matière, et c'étoit l'affaire de tout le monde. On nous assure que M. de Langlée a fait un traité sur ce changement pour envoyer dans les provinces ; dès que nous l'aurons, Monsieur, nous ne manquerons pas de vous l'envoyer ; et cependant je baise très-humblement les mains de votre Excellence.

C'est ainsi que Madame de Sévigné sait tout embellir. Il est impossible de trouver ailleurs cet enjouement et cette légèreté, qui donne tant de charme à des bagatelles. Je suis cependant persuadé que vous verrez avec plaisir ce que l'auteur d'Athalie étoit dans sa jeunesse.

A M. Levasseur. (*)

Usez, 28 décembre 1661.

« Dieu merci, voici de vos lettres. Que vous en êtes devenu grand ménager ! J'ai vu que vous étiez libéral, et il ne se passoit guère de semaines, lorsque vous étiez à Bourbon, que vous ne m'écrivissiez une fois ou deux, et

---

(*) Ami intime de Racine.

non seulement à moi, mais à des gens à qui vous n'aviez presque jamais parlé, tant les lettres vous coûtoient peu. Maintenant elles sont plus clair-semées, et c'est beaucoup d'en recevoir une en deux mois. J'étois très en peine de ce changement, et j'enrageois de voir qu'une si belle amitié se fut ainsi évanouie : *En dextra fidesque!* (*) m'écriois-je,

E'l cor pien di sospir, parea un Mongibello., (**)

lorsqu'heureusement votre lettre m'est venue tirer de toutes ces inquiétudes, et m'a appris que la raison pourquoi vous ne m'écriviez pas, c'est que mes lettres étoient trop belles. Qu'à cela ne tienne, monsieur, il me sera fort aisé d'y remédier; et il m'est si naturel de faire de méchantes lettres, que j'espère venir bientôt à bout de n'en faire pas de trop belles. Vous n'aurez pas sujet de vous plaindre à l'avenir, et j'attends dès à présent des reponses par tous les ordinaires. Mais parlons plus sérieusement; avouez que tout au contraire vous croyez les vôtres trop belles pour être si facilement communiquées à de pauvres provinciaux comme nous. Vous avez raison, sans doute, et c'est ce qui me fâche le plus; car il ne vous est pas aisé, comme à moi, de faire de mauvaises lettres; et ainsi je suis fort en danger de n'en guère recevoir.

Après tout, si vous saviez la manière dont je les reçois, vous verriez qu'elles ne sont pas profanées pour

(*) Citation de Virgile : *Voilà donc les promesses et les serments!*
(**) Citation du Tasse : *Son cœur gros de soupirs paroissoit un volcan.*

tomber entre mes mains : car, outre que je les reçois
avec toute la vénération que méritent les belles choses,
c'est qu'elles ne me demeurent pas long temps, et elles
ont le vice dont vous accusez les miennes injustement,
qui est de courir les rues ; et vous diriez qu'en venant
en Languedoc elles se veulent accommoder à l'air du
pays ; elles se communiquent à tout le monde, et ne
craignent point la médisance : aussi savent-elles bien
qu'elles en sont à couvert ; chacun les veut voir, et en
ne les lit pas tant pour apprendre des nouvelles que pour
voir la façon dont vous les savez débiter.

Continuez donc, s'il vous plaît, ou plutôt commencez
tout de bon à m'écrire, quand ce ne seroit que par charité. Je suis en danger d'oublier bientôt le peu de françois que je sais ; je le désapprends tous les jours, et je
ne parle tantôt plus que le langage de ce pays, qui est
aussi peu françois que le bas breton. J'ai cru qu'Ovide
vous faisoit pitié quand vous songiez qu'un si galant
homme que lui étoit obligé à parler scythe lorsqu'il étoit
relégué parmi ces barbares ; cependant il s'en faut beaucoup qu'il fût si à plaindre que moi. Ovide possédoit si
bien toute l'élégance romaine, qu'il ne la pouvoit jamais
oublier ; et quand il seroit revenu à Rome après un exil
de vingt années, il auroit toujours fait taire les plus beaux
esprits de la cour d'Auguste : au lieu que, n'ayant qu'une
petite teinture du bon françois, je suis en danger de tout
perdre en moins de six mois, et de n'être plus intelligible
si je reviens jamais à Paris. Quel plaisir aurez-vous
quand je serai devenu le plus grand paysan du monde?
Vous ferez bien mieux de m'entretenir un peu dans le

langage qu'on parle à Paris : vos lettres me tiendront lieu de livres et d'académie.

Je salue M. l'Avocat, et je diffère de lui écrire, afin de laisser un peu passer ce reste de mauvaise humeur que sa maladie lui a laissé, et qui lui feroit peut-être maltraiter les lettres que je lui enverrois. Il n'y a point de plaisir d'écrire à des gens qui sont encore dans les remèdes, et c'est trop exposer des lettres. Je salue très-humblement toute votre maison.

Nous savons la naissance du dauphin. J'aurois peut-être chanté quelque chose de nouveau sur cette matière si j'eusse été à Paris ; mais ici je n'ai pu chanter que le *Te Deum*. Mandez-moi, s'il vous plaît, qui aura le mieux réussi de tous les chantres du Parnasse. Je ne doute pas qu'ils n'emploient tout le crédit qu'ils ont auprès des Muses pour en recevoir de belles et magnifiques inspirations. Si elles continuent à vous favoriser, comme elles avoient commencé à Bourbon, faites quelque chose. »

Le jeu de mots qui se trouve à la fin de cette lettre, est assez naturel pour n'être pas condamnable. Ne croyez pas d'ailleurs que Racine soit prodigue de cette espèce d'ornements. Il ne se les est permis que trois ou quatre fois. Il avoit trop de goût pour les admirer en aveugle. Ils étoient cependant en très-grande vogue à cette époque. Voiture, flatté par le succès qu'ils obtenoient, en remplit ses lettres ; et Corneille lui-même sacrifia quelquefois à ce mauvais goût de son siècle.

Boileau, qui ne cessa jamais de défendre la raison,
fit voir combien ils étoient ridicules dans les ouvrages sérieux. Il permit seulement de les employer
dans les ouvrages légers, pourvu qu'on le fît avec
beaucoup de réserve :

Ce n'est pas quelquefois qu'une muse un peu fine
Sur un mot, en passant, ne joue et ne badine,
Et d'un sens détourné n'abuse avec succès :
Mais fuyez sur ce point un ridicule excès.

(Art poétique, ch. II.)

Les poésies légères de Voltaire sont aussi des modèles de style simple. Elles sont remplies d'esprit
et de variété.

Dans une épître à sa nièce, par exemple, il lui
parle ainsi de la manière dont quelques femmes
cherchent à tuer le temps :

Après dîner, l'indolente Glycère
Sort pour sortir, sans avoir rien à faire.
On a conduit son insipidité
Au fond d'un char, où montant de côté,
Son corps pressé gémit sous les barrières
D'un lourd pannier qui flotte aux deux portières;
Chez son amie au grand trot elle va,
Monte avec joie, et s'en repent déjà,
L'embrasse et baille, et puis lui dit : Madame,
J'apporte ici tout l'ennui de mon âme,
Joignez un peu votre inutilité

A ce fardeau de mon oisiveté.
Si ce ne sont ses paroles expresses,
C'en est le sens. Quelques feintes caresses,
Quelques propos sur le jeu, sur le temps,
Sur un sermon, sur le prix des rubans,
Ont épuisé leurs âmes excédées :
Elles chantaient déjà faute d'idées :
Dans le néant leur cœur est absorbé.

Tel est, en effet, le sort des femmes qui passent leurs jours dans une pénible oisiveté. Si elles savoient, comme vous, charmer leurs loisirs en cultivant des talents agréables, cet ennui, ces dégoûts leur seroient inconnus.

Le même poëte étant au camp de Philisbourg, écrivoit à un de ses amis :

Le 3 Juillet 1754.

C'est ici que l'on dort sans lit,
Et qu'on prend ses repas par terre.
Je vois et j'entends l'atmosphère
Qui s'embrase et qui retentit
De cent décharges de tonnerre,
Et, dans ces horreurs de la guerre,
Le français chante, boit et rit.
Bellone va réduire en cendres
Les courtines de Philisbourg
Par cinquante mille Alexandres
Payés à quatre sous par jour :
Je les vois, prodiguant leur vie,

Chercher ces combats meurtriers,
Couverts de fange et de lauriers,
Et pleins d'honneur et de folie;
Je vois briller au milieu d'eux
Ce fantôme nommé la gloire,
A l'œil superbe, au front poudreux,
Portant au cou cravate noire,
Ayant sa trompette en sa main,
Sonnant la charge et la victoire,
Et chantant quelques airs à boire
Dont ils répètent le refrain.

O nation brillante et vaine !
Illustres fous, peuple charmant,
Que la gloire à son char enchaîne;
Qu'il est beau d'affronter gaiement
Le trépas et le prince Eugène !

Vous avez vu dans la lettre sur l'Hypotypose comment on doit peindre, dans une ode pindarique, la marche d'une armée redoutable, qui vole à la victoire ; vous voyez, par cet exemple, comment on doit rendre compte de l'attaque la plus vive et la plus périlleuse, dans une épître légère.

On trouve aussi dans ces poésies de Voltaire, une grâce, et une délicatesse de goût que ce poëte avoit puisées dans une société charmante, où l'on avoit conservé le ton et les manières de la cour de Louis XIV. Vous en avez déjà vu quelques preuves dans ces lettres ; et je me contenterai d'y ajouter les deux suivantes :

A MADAME LA MARQUISE DU CHATELET,
Sur sa liaison avec Maupertuis.

Ainsi donc cent beautés nouvelles
Vont fixer vos bouillants esprits :
Vous renoncez aux étincelles,
Aux feux follets de mes écrits,
Pour des lumières immortelles ;
Et le sublime Maupertuis
Vient éclipser mes bagatelles.
Je n'en suis fâché ni surpris ;
Un esprit vrai doit être épris
Pour des vérités éternelles :
Mais ces vérités que sont-elles ?
Quel est leur usage et leur prix ?
Du vrai savant que je chéris
La raison ferme et lumineuse
Vous montrera les cieux décrits,
Et d'une main audacieuse
Vous dévoilera les replis
De la nature ténébreuse ;
Mais, sans le secret d'être heureuse,
Que vous aura-t-il donc appris ?

A MADAME DE SAINT-JULIEN.

Dans un désert, un vieux hibou
Tombait sous le fardeau de l'âge ;
Un serin fit près de son trou

Briller sa voix et son plumage.
Que faites-vous , serin charmant ?
Pourquoi prodiguer vos merveilles ,
Sans pouvoir à ce chat-huant
Rendre ses yeux et ses oreilles ?

Il seroit bien à désirer qu'un littérateur judicieux fît un choix des poésies légères de ce poëte. Il me semble qu'en réunissant celles où l'on ne trouve aucune trace de la licence qui s'introduisoit sous le régent, on pourroit former un très-joli recueil. C'est un ouvrage qui nous manque.

Il faut dans le style simple beaucoup de naturel. Si l'on cherche à faire briller son esprit par des saillies forcées , elles s'aperçoivent facilement; elles fatiguent; et montrent de plus le désir qu'on a de se faire remarquer. Le moyen le plus sûr de ne jamais tomber dans ce défaut, c'est de se rappeler toujours ce précepte de Boileau :

Rien n'est beau que le vrai, le vrai seul est aimable.

ᘛᘛᘛᘛᘛᘛᘛᘛᘛᘛᘛᘛᘛᘛᘛᘛᘛ ᘛᘛᘛᘛᘛᘛᘛᘛᘛᘛᘛᘛᘛᘛᘛᘛ

LETTRE XXXIII.

DE QUELQUES NUANCES DU STYLE SIMPLE.

———

QUELQUES-UNS des styles qui appartiennent au style simple, ont reçu des noms particuliers.

On appelle style précis, celui dans lequel on ne dit rien de superflu, sans rien omettre de nécessaire. Parmi nos meilleurs écrivains, La Fontaine et La Bruyère sont ceux qui s'expriment avec le plus de précision :

> A quoi bon vous charger
> Des soins d'un avenir qui n'est pas fait pour vous ?
> Quittez le long espoir et les vastes pensées ;
> Tout cela ne convient qu'à nous.
> *(Le Vieillard et les Jeunes Hommes.)*

Tout vous est aquilon, tout me semble zéphir.
> *(Le Chêne et le Roseau.)*

11

« L'esprit s'use comme toutes choses : les sciences sont ses aliments ; elles le nourrissent et le consument. »

(Caractères. ch. 11.)

« Le fleuriste a un jardin dans un faubourg, il y court au lever du soleil, il en revient à son coucher. Vous le voyez planté et qui a pris racine au milieu de ses tulipes et devant la solitaire : il ouvre de grands yeux, il frotte ses mains, il se baisse, il la voit de plus près, il ne l'a jamais vue si belle, il a le cœur épanoui de joie ; il la quitte pour l'orientale ; de là il va à la veuve ; il passe au drap d'or, de celle-ci à l'agathe ; d'où il revient enfin à la solitaire, où il se fixe, où il se lasse, où il s'assied, où il oublie de dîner ; aussi est-elle nuancée, bordée, huilée, à pièces emportées ; elle a un beau vase ou un beau calice : il la contemple, il l'admire : Dieu et la nature sont en tout cela ce qu'il n'admire point ; il ne va pas plus loin que l'oignon de sa tulipe, qu'il ne livreroit pas pour mille écus, et qu'il donnera pour rien quand les tulipes seront négligées et que les œillets auront prévalu. Cet homme raisonnable, qui a une âme, qui a un culte et une religion, revient chez soi, fatigué, affamé, mais fort content de sa journée : il a vu des tulipes. »

(Caractères. ch. 13.)

Sans parler de l'effet produit par ces derniers mots, *il a vu des tulipes,* rejetés à la fin du portrait, et placés avec tant d'art à côté de toutes les idées qui rappellent la dignité de l'homme ; quelle précision, quelle énergie dans les expressions ! Vous le voyez *planté*, et, qui *a pris racine!* Le fleuriste n'est plus alors qu'un arbre de son jardin.

Il ne faut pas confondre la précision avec la concision. Cette seconde qualité consiste à rendre ses idées avec le moins de mots qu'il est possible.

Henri IV encourageant ses soldats avant la bataille d'Ivry, se contente de leur dire :

« Enfants, je suis votre roi ; vous êtes françois, voilà l'ennemi : donnons. »

Il y a une autre nuance de style simple, à laquelle on a donné le nom de style naïf. La naïveté, d'après M. Duclos, est l'expression la plus simple et la plus naturelle d'une idée. La Fontaine, par exemple, est naïf dans ses fables, parce que les personnages qu'il met en scène, tiennent un langage qui convient si bien à leur caractère, et aux rôles qu'ils jouent, que le poëte ne paroît jamais.

Pourroit-on, en effet, ne pas reconnoître les acteurs, quand on lit ce dialogue :

Qui te rend si hardi de troubler mon breuvage ?
  Dit cet animal plein de rage :
Tu seras châtié de ta témérité.
Sire, répond l'agneau, que votre majesté
  Ne se mette point en colère ;
  Mais plutôt qu'elle considère
  Que je vas me désaltérant

> Dans le courant,
> Plus de vingt pas au-dessous d'elle ;
> Et que par conséquent, en aucune façon,
> Je ne puis troubler sa boisson.
> Tu la troubles, reprit cette bête cruelle.
>
> *(Le Loup et l'Agneau.)*

Le début est bien tel qu'il doit être, c'est-à-dire, brusque et terrible. L'agneau ne pouvoit pas mieux répondre. Il est respectueux, parce qu'il est foible et craintif ; il essaie de se défendre, parce que l'innocence espère toujours qu'on lui rendra justice.

Tu la troubles : à ces mots, on croit entendre un loup que la faim dévore, et l'on tremble pour l'agneau.

Où trouver un flatteur plus adroit que celui-ci ?

> Sire, dit le renard, vous êtes trop bon roi ;
> Vos scrupules font voir trop de délicatesse.
> Hé bien ! manger moutons, canaille, sotte espèce,
> Est-ce un péché ? Non, non. Vous leur fîtes, seigneur,
> En les croquant, beaucoup d'honneur ;
> Et quant au berger, l'on peut dire
> Qu'il étoit digne de tous maux,
> Etant de ces gens-là qui sur des animaux
> Se font un chimérique empire.
>
> *(Les Animaux malades de la peste.)*

La confession de l'âne n'est pas moins admirable que cette apologie du lion :

L'âne vint à son tour, et dit : j'ai souvenance
    Qu'en un pré de moines passant,
La faim, l'occasion, l'herbe tendre, et, je pense,
    Quelque diable aussi me poussant,
Je tondis de ce pré la largeur de ma langue;
Je n'en avois nul droit, puisqu'il faut parler net.

(Même fable.)

Ce pauvre baudet va chercher jusqu'au fond de sa conscience tout ce qu'elle peut lui reprocher. Il rappelle avec la franchise la plus naïve toutes les circonstances; jusqu'à celle-ci, qui est si bien dans son caractère :

et, je pense,

    Quelque diable aussi me poussant.

Il ne veut pas aggraver sa faute, il ne veut pas l'atténuer, il veut tout dire.

Qu'il étoit difficile de faire parler un âne avec tant de naturel! Quand on a lu ce discours, on voudroit exprimer toute son admiration, on voudroit se répandre en éloges, mais on s'aperçoit bientôt que les expressions manquent.

La Fontaine ne pense qu'à ses animaux; il semble vivre au milieu d'eux. Il s'intéresse si vivement à tout ce qui les regarde, qu'il leur prête tout ce qu'il a de connoissances et d'imagination.

Une belette et un lapin plaident-ils pour un terrier? Les meilleurs avocats ne le feroient pas mieux. Tout est mis en usage, coutume, autorité, droit naturel , généalogie.

Le lapin , pour faire déloger la belette , la menace d'aller chercher tous les rats du pays :

> La dame au nez pointu répondit que la terre
> Etoit au premier occupant.
> C'étoit un beau sujet de guerre
> Qu'un logis où lui-même il n'entroit qu'en rempant !
> Et quand ce seroit un royaume ,
> Je voudrois bien savoir, dit-elle , quelle loi
> En a pour toujours fait l'octroi
> A Jean , fils ou neveu de Pierre ou de Guillaume ,
> Plutôt qu'à Paul , plutôt qu'à moi.
> Jean Lapin allégua la coutume et l'usage :
> Ce sont, dit-il , leurs lois qui m'ont de ce logis
> Rendu maître et seigneur ; et qui , de père en fils ,
> L'ont de Pierre à Simon , puis à moi Jean transmis.
> Le premier occupant ! est-ce une loi plus sage ?
> *(Le Chat , la Belette et le petit Lapin.)*

Un renard voit au fond d'un puits l'image de la lune , et la prend pour un fromage. Il descend à l'aide d'un seau , reconnoît son erreur , et voit sa perte prochaine , si quelqu'affamé ne vient le tirer d'affaire :

> Compère loup , le gosier altéré ,
> Passe par là. L'autre dit : camarade ,
> Je veux vous régaler ; voyez-vous cet objet ?

C'est un fromage exquis. Le dieu Faune l'a fait :
    La vache Io donna le lait.
    Jupiter, s'il étoit malade,
Reprendroit l'appétit en tâtant d'un tel mets.
    J'en ai mangé cette échancrure;
Le reste vous sera suffisante pâture.
Descendez dans un seau que j'ai là mis exprès.
               (Le Loup et le Renard.)

Vous attendiez-vous à voir les dieux et la vache
Io figurer dans ce discours?

La Fontaine n'oublie jamais le respect que l'on
doit au rang : le roi des animaux est toujours pour
lui un véritable roi :

Le lion dans sa tête avoit une entreprise:
Il tint conseil de guerre , envoya ses prevôts,
    Fit avertir les animaux.
         (Le Lion s'en allant en guerre.)

Deux chèvres se rencontrent sur un pont très-
étroit, et veulent y passer de front : il s'imagine voir

        avec Louis-le-Grand,
    Philippe-quatre qui s'avance
    Dans l'île de la conférence;

et nous apprend aussitôt l'origine des deux ama-
zones :

    . . . . Elles avoient la gloire
De compter dans leur race , à ce que dit l'histoire,

L'une, certaine chèvre au mérite sans pair,
Dont Polyphème fit présent à Galatée;
  Et l'autre, la chèvre Amalthée
  Par qui fut nourri Jupiter.

        (Les deux Chèvres.)

Il y a dans tout cela, tant de sérieux et de
bonhomie, qu'il nous fait partager l'illusion où il
paroît être. Il appuie toujours ce qu'il avance;
souvent même, pour que cette illusion soit plus
complète, il a l'air d'être surpris le premier de ce
que disent ses acteurs :

Une Tortue veut-elle quitter son trou :

Volontiers on fait cas d'une terre étrangère;
Volontiers gens boiteux haïssent le logis.
  Deux canards, à qui la commère
  Communiqua ce beau dessein,
Lui dirent qu'ils avoient de quoi la satisfaire.
  Voyez-vous ce large chemin?
Nous vous voiturerons par l'air en Amérique :
  Vous verrez mainte république,
Maint royaume, maint peuple; et vous profiterez
Des différentes mœurs que vous remarquerez.
Ulysse en fit autant. On ne s'attendoit guère
  De voir Ulysse en cette affaire.

     (La Tortue et les Deux Canards).

La naïveté n'est pas d'ailleurs la seule chose que
l'on doive admirer dans La Fontaine. Le naturel

et la facilité des vers ; la vérité, la précision du dialogue ; le coloris, la richesse, et la variété des peintures ; enfin la grâce et la naïveté du style ; voilà les différentes causes du plaisir toujours nouveau que nous éprouvons en relisant ses fables.

On a prétendu qu'il les composoit comme par instinct, et qu'il étoit incapable d'apprécier le mérite de ses chefs-d'œuvre. Ce qu'il dit de ses ouvrages, en plusieurs endroits, et ses ouvrages eux-mêmes, détruisent cette prévention. La Fontaine avoit le génie et non l'instinct de la fable. Il a fait parler les animaux comme Racine a fait parler Narcisse. Ses lettres particulières montrent en lui beaucoup d'abandon et de bonhomie ; mais en même temps beaucoup d'esprit et de raison. *Le Paysan du Danube*, le discours qui commence le dixième livre de ses Fables, et le plaisir qu'il trouvoit à s'entretenir avec les savants, prouvent qu'il se livroit souvent aux réflexions les plus sérieuses.

La Motte-Houdard, dans ses fables, voulut marcher sur ses pas ; mais il est resté bien au-dessous de lui. Il chercha d'abord à prendre le ton simple et familier de son modèle ; ce qui étoit très-difficile. La familiarité de La Fontaine est toujours agréable :

Holà ! Madame la belette ,
Que l'on déloge sans trompette.
(*Le Chat, la Belette et le petit Lapin.*)

Deux chèvres donc s'émancipant,
Toutes deux ayant patte blanche.
(*Les deux Chèvres.*)

On vous sangla le pauvre drille.
(*Le Fermier, le Chien et le Renard.*)

Celle de La Motte , au contraire , est souvent commune :

Et l'obligeant Morphée à chaque créature
Faisoit litière de pavots.
(*La Magicienne.*)

Là, de rien elle n'aura faute.
(*Pandore.*)

On vous le prend au mot ; il joue ,
Contrefait tout en moins de rien.
(*Les Animaux comédiens.*)

La Fontaine avoit transporté aux animaux des titres et des dénominations qui n'appartiennent qu'aux hommes : La Motte voulut aussi le faire, et ne fut pas plus heureux : *Janot lapin, Dame belette, Robin mouton ,* nous plaisent et nous amusent ; *Don jugement, Dame mémoire, Damoiselle imagination,* sont désagréables. Les premières expressions semblent dictées par la nature ; les secondes sentent la recherche ; et rien n'est plus contraire à la naïveté.

Ces défauts ne doivent cependant pas empêcher de lire les fables de La Motte. Elles ont des qualités qui les recommandent. Les moralités, comme je vous l'ai déjà dit, sont bien préparées et bien déduites.

Florian a senti qu'il ne falloit pas chercher à imiter La Fontaine, lorsqu'on n'avoit pas son génie ; et, pour éviter les écueils, il a pris une route moins difficile. Il n'y a dans ses fables ni la légèreté, ni la grâce, ni la naïveté du *bon homme ;* mais on y trouve toujours beaucoup de goût, d'élégance et de simplicité. Son coloris, sans avoir beaucoup de vivacité, ne manque pas de quelqu'éclat. Ces qualités, en le laissant encore bien loin de La Fontaine, l'ont du moins placé, dans l'opinion la plus générale, le premier des fabulistes du second ordre : ce rang est encore assez beau pour assurer sa gloire.

Voici ce que M. de La Harpe a dit de lui :

« M. de Florian me semble avoir bien saisi l'esprit et le ton de l'apologue. La morale de ses fables est généralement bien choisie, et bien adaptée au sujet. Il sait varier les couleurs avec les sujets ; il sait décrire et raconter ; nulle part on ne sent l'effort, et toujours on aperçoit la mesure.

Veut-on des tableaux animés par la poséie :

Sur la corde tendue un jeune voltigeur
Apprenoit à danser; et déjà son adresse,
  Ses tours de force, de souplesse,
  Faisoient venir maint spectateur.
Sur son étroit chemin on le voit qui s'avance,
Le balancier èn main, l'air libre, le corps droit,
  Hardi, léger, autant qu'adroit;
Il s'élève, descend, va, vient, plus haut s'élance,
  Retombe, remonte en cadence,
  Et, semblable à certains oiseaux,
Qui rasent en volant la surface des eaux,
  Son pied touche, sans qu'on le voie,
A la corde qui plie, et dans l'air le renvoie.
    (*Le Danseur de corde et le Balancier*).

Veut-on de l'enjouement, en voici :

**Don Quichotte désirant dè mener une vie plus
douce, renonce à la chevalerie, et se fait berger;**

Le voilà donc qui prend pannetière et houlette,
Le petit chapeau rond garni d'un ruban vert,
  Sóus le menton faisant rosette.
  Jugez de la grâce et de l'air
De ce nouveau Tircis! Sur sa rauque musette
Il s'essaie à charmer l'écho de ces cantons;
  Achète au boucher deux moutons,
Prend un roquet galeux, et dans cet équipage,
Par l'hiver le plus froid qu'on eût vu de long-temps,

Dispersant son troupeau sur les rives du Tage,
Au milieu de la neige il chante le printemps.

(*Don Quichotte*).

*Dispersant son troupeau (deux moutons achetés
au boucher)*, est un trait fort heureux : Ce badinage simple et facile, est, ce me semble, celui qui convient à la fable.

Veut-on de la douceur et de l'intérêt :

Un bon mari, sa femme, et deux jolis enfants,
Couloient en paix leurs jours dans le simple hermitage
Où, paisibles comme eux, vécurent leurs parents.
Ces époux partageant les doux soins du ménage,
Cultivoient leur jardin, recueilloient leurs moissons,
Et le soir, dans l'été, soupant sous le feuillage,
    Dans l'hiver devant leurs tisons,
Ils prêchoient à leurs fils, la vertu, la sagesse,
Leur parloient du bonheur qu'elles donnent toujours;
Le père par un conte égayoit ses discours,
    La mère par une caresse.

(*Le Château de cartes*).

Je pourrois sans peine multiplier les citations et les éloges. Sur une centaine de fables, il y en a les trois quarts de très-jolies, et plusieurs sont, à mon gré, de petits chefs-d'œuvre. Il en est quelques-unes, je l'avoue, que je voudrois retrancher; celles-ci, par exemple : *Myson, le Rhinocéros et le*

Dromadaire, le Rossignol et le Paon; mais elles sont
en si petit nombre, qu'elles ne sauroient nuire
au mérite d'un recueil, qui prouve un véritable
talent, et doit être pour son auteur un titre durable.

LETTRE XXXIV.

DU STYLE EPISTOLAIRE.

———

Le style des lettres, qui doit toujours être simple, s'appelle Style épistolaire. Il dépend de tant de choses, qu'il est impossible d'indiquer ce qu'il doit toujours être. Ce qu'on peut dire de plus général, c'est que les qualités principales de ce style sont le naturel et l'aisance. La recherche et l'apprêt, qui sont toujours un défaut, sont encore plus déplacés dans une lettre que partout ailleurs.

Quand on écrit dans le seul dessein de plaire et d'amuser, il faut flatter l'amour-propre par des compliments délicats; et embellir ce que l'on dit, en employant pour y parvenir les différents moyens que la nature nous a donnés. Chez les uns, l'enjouement et la vivacité sont très-agréables; chez les autres, la négligence et l'abandon ont beaucoup de charme.

Dans les lettres qui sont l'expression des sentiments, il ne faut jamais chercher à exprimer ce que l'on ne sent pas. On ne le fait jamais bien, et l'on se donne souvent un ridicule qui n'échappe à personne. On doit alors prendre un ton convenable à la circonstance, écrire ce que l'on éprouve, et s'en tenir là.

Si l'on écrit à des personnes dont le rang ou les dignités commandent le respect, il faut une simplicité respectueuse.

Le meilleur moyen de se former au style épistolaire, c'est de lire souvent les lettres de Mesdames de Sévigné, de La Fayette, de Coulanges, de Simiane et de Maintenon ; et de s'abandonner ensuite à son genre d'esprit particulier, sans chercher à les imiter :

> Ne forçons pas notre talent,
> Nous ne ferions rien avec grâce.
>
> *(La Fontaine).*

Madame de Sévigné nous amuse et nous intéresse ; le plus souvent même elle nous instruit en nous amusant. Son style est plein de vivacité, de grâce et d'enjouement. Elle a l'esprit de tous les genres, dit M. Suard ; raisonneuse ou frivole, plaisante ou sublime, elle prend tous les tons avec une facilité inconcevable. Son imagination est une glace pure et brillante, où tous les objets vont se peindre ; mais qui les réfléchit avec un éclat qu'ils n'ont pas naturellement.

Ses deux amies, mesdames de La Fayette et de Coulanges, ont répandu dans le peu de lettres qu'elles nous ont laissées, l'esprit le plus aimable. On retrouve dans madame de Simiane, beaucoup de l'enjouement et de la facilité de sa grand'mère. On aime dans madame de Maintenon une noblesse toujours simple, une correction toujours facile ; mais on voudroit qu'elle eût plus d'abandon. Le rang qu'elle occupoit à la cour, ne laissoit pas à sa plume assez de liberté.

Les lettres de Racine méritent aussi d'être lues. Si elles n'ont pas la légèreté qui caractérise celles des femmes, on y trouve toujours le style le plus pur, et le goût le plus délicat. Quand on a quelques relations à faire, on ne sauroit trop consulter sa correspondance avec Boileau. Ses lettres à son fils sont très-intéressantes. Elles sont pleines de tendresse et d'abandon ; et nous montrent l'auteur d'Andromaque, de Britannicus, et d'Athalie, dans l'intérieur de sa famille.

Ce sont les femmes qui nous ont donné les premiers et les meilleurs modèles de style épistolaire. Le naturel aimable et léger de leurs lettres fit disparoître l'enflure de Balzac et l'affectation de Voiture. Depuis cette époque, ce genre n'a pas cessé de leur appartenir : les hommes mêmes qui écrivent le mieux ne les suivent que de loin. La facilité, la délicatesse, et la négligence heureuse avec laquelle elles s'expriment, sont beaucoup plus agréables que notre exactitude. La vivacité de leur esprit, et la mobilité de leur imagination, donnent à leurs lettres, ainsi qu'à leur conversation, une rapidité, une variété de ton qui nous charment. Elles ont enfin une qualité qui n'est pas moins précieuse que celles-là : c'est leur sensibilité. Il n'est personne qui n'avoue, avec plaisir, que ce sont elles qui prennent le plus de part à nos chagrins, et qui savent le mieux les adoucir en les partageant.

LETTRE XXXV.

DU SUBLIME EN GÉNÉRAL, ET DU SUBLIME DES PENSÉES.

L<small>E</small> caractère distinctif du sublime est de ravir l'admiration. Il y a beaucoup d'ouvrages qui sont des chefs-d'œuvre, et qui ne sont cependant pas sublimes, parce qu'ils n'ont pas ce caractère. La plupart des fables de La Fontaine, par exemple, commencent par nous amuser; et ce n'est qu'après les avoir examinées attentivement, qu'on admire tout le talent du fabuliste. Il en est de même, en général, des lettres de madame de Sévigné. Ces deux écrivains sont cependant les deux modèles les plus difficiles à imiter.

Le sublime peut naître des pensées, des sentiments ou des images; ce qui en a fait distinguer trois espèces : *le sublime des pensées*, *le sublime des sentiments*, et *le sublime des images*.

La plupart des maximes que l'on trouve dans les tragédies de Corneille, sont des pensées sublimes.

Dans le Cid, par exemple, Rodrigue, dont le père a reçu un soufflet du comte de Gormas, vient dire à ce dernier qu'il veut laver dans son sang la honte de don Diègue. Le comte lui répond avec mépris :

Jeune présomptueux !

RODRIGUE.

Parle sans t'émouvoir;

Je suis jeune, il est vrai ; *mais aux âmes bien nées*
La valeur n'attend pas le nombre des années.
J'attaque en téméraire un bras toujours vainqueur;
Mais j'aurai trop de force ayant assez de cœur.
A qui venge son père il n'est rien d'impossible,
Ton bras est invaincu, mais non pas invincible.

LE COMTE.

Ne cherche point à faire un coup d'essai fatal;
Dispense ma valeur d'un combat inégal;
Trop peu d'honneur pour moi suivroit cette victoire :
A vaincre sans péril on triomphe sans gloire.
Retire-toi d'ici.

RODRIGUE.

Marchons sans discourir.

LE COMTE.

Es-tu si las de vivre ?

RODRIGUE.

As-tu peur de mourir ?

LE COMTE.

Viens , tu fais ton devoir ; et *le fils dégénère*
Qui survit un moment à l'honneur de son père.

Les oraisons funèbres de Bossuet sont remplies de pensées sublimes sur notre néant, et sur la vanité des cérémonies les plus imposantes. Telles sont celles-ci, qui se trouvent dans la péroraison de l'oraison funèbre du prince de Condé :

« Venez voir le peu qui nous reste d'une si auguste naissance, de tant de grandeur, de tant de gloire ; jetez les yeux de toutes parts ; voilà tout ce qu'ont pu faire la magnificence et la piété pour honorer un héros ; des titres, des inscriptions, vaines marques de ce qui n'est plus ; des figures qui semblent pleurer autour d'un tombeau , et des fragiles images d'une douleur que le temps emporte avec tout le reste ; des colonnes qui semblent vouloir porter jusqu'au ciel le magnifique témoignage de notre néant ; et rien enfin ne manque dans tous ces honneurs , que celui à qui on les rend ; pleurez sur cette triste immortalité que nous donnons aux héros. »

Pour se bien représenter l'effet que ces vérités terribles devoient faire sur les auditeurs , il faut se rappeler qu'elles étoient annoncées à tout ce que la France avoit de plus illustre dans les armes , et par la naissance ; au milieu de la magnificence qu'un fils devoit déployer pour honorer les cendres d'un héros , premier prince du sang.

On ne trouve pas dans les oraisons funèbres de Massillon l'élévation qui caractérise celles de Bossuet ; mais ce dernier auroit peut-être été jaloux du commencement de celle de Louis XIV :

« Dieu seul est grand, mes frères. »

Ces premiers mots prononcés sur la tombe d'un roi dont le règne avoit été si brillant, étoient bien capables de frapper ceux qui les entendoient. Massillon sut encore leur prêter une nouvelle force par la manière dont il les prononça. Il promena quelque temps ses regards sur le deuil qui l'entouroit ; et ne voyant de tous côtés que le néant des grandeurs humaines, il parut annoncer malgré lui cette triste et sublime vérité.

M. Suard vous a dit que madame de Sévigné prenoit tous les tons avec une facilité inconcevable ; cette lettre va vous le prouver :

A M. de Coulanges.

Le 26 juillet 1691.

« Je suis tellement éperdue de la nouvelle très-subite de la mort de M. de Louvois, que je ne sais par où commencer pour vous en parler. Le voilà donc mort ce grand ministre, cet homme si considérable, qui tenoit une si grande place, dont le moi, comme dit M. Nicole, étoit si étendu ; qui étoit le centre de tant de choses ; que d'affaires, que de desseins, que de projets, que de

secrets, que d'intérêts à démêler ; que de guerres com-
mencées , que d'intrigues ; que de beaux coups d'échecs
à faire et à conduire ! Ah ! mon Dieu, donnez-moi un
peu de temps ; je voudrois bien donner un échec au duc
de Savoie , un mat au prince d'Orange ; non, non, vous
n'aurez pas un seul, un seul moment.

Quel *non !* Madame de Sévigné paroît terrible
comme la mort. Je suis persuadé que vous ne la
trouverez pas inférieure à Malherbe.

Vous voyez par ces derniers exemples que l'expression d'une pensée sublime peut être de la plus
grande simplicité ; mais les précédents vous montrent qu'il n'en est pas toujours ainsi. Le plus
souvent , en effet , les pensées sublimes doivent
être rendues avec noblesse. Vous pouvez même
remarquer qu'il y a beaucoup de majesté dans le
passage de Bossuet.

❦❦❦❦❦❦❦❦❦❦❦❦❦❦❦❦❦❦❦❦❦❦❦❦❦❦❦❦❦❦❦❦❦❦

LETTRE XXXVI.

DU SUBLIME DES SENTIMENTS.

Vous avez vu dans la lettre sur la Suspension,
une scène de la tragédie d'Iphigénie, dont la fin
est un très-bel exemple du sublime des sentiments ; c'est l'endroit où la jeune princesse dit
à sa mère :

> D'un peuple impatient vous entendez la voix.
> Daignez m'ouvrir vos bras pour la dernière fois,
> Madame , et rappelant votre vertu sublime.....
> Eurybate, à l'autel conduisez la victime.

Ce courage d'Iphigénie est sublime. Tout l'at-
tachoit à la vie : son père étoit le chef de la ligue
des grecs ; elle devenoit l'épouse d'Achille, si les
dieux n'en ordonnoient pas autrement. Ces liens
ne l'empêchent cependant pas de s'arracher des

bras d'une mère chérie et désolée, pour aller à l'autel.

Quelques instants après son départ, Arcas vient chercher Clytemnestre, et lui dit qu'Achille veut remettre entre ses bras sa fille qu'il a sauvée :

Lui-même il m'a chargé de conduire vos pas.
Ne craignez rien.

CLYTEMNESTRE.

Moi, craindre ! Ah, courons, cher Arcas !
Le plus affreux péril n'a rien dont je pâlisse.

Ce dévouement sublime fut toujours naturel à une mère.

Le vieil Horace vient d'exhaler devant Julie toute son indignation contre son fils. Que vouliez-vous qu'il fît contre trois? lui demande-t-elle alors :

LE VIEIL HORACE.

Qu'il mourût !
Ou qu'un beau désespoir enfin le secourût.

Le premier trait est regardé comme un des plus sublimes que l'on puisse trouver dans les anciens et dans les modernes. Voltaire a dit que le second vers diminuoit la sublimité du *qu'il mourût;* mais on a rappelé de ce jugement, en remarquant que le sentiment qu'il exprimoit étoit bien naturel à un père, qui n'en avoit pas moins étouffé d'abord la voix de la nature, pour ne penser qu'à sa patrie et à son honneur.

Quoique l'expression des sentiments sublimes soit en général très-simple ; il arrive cependant quelquefois qu'on cherche à les relever encore par un peu de pompe. C'est ce que fait Sertorius dans la tragédie de ce nom.

Pompée cherchoit à engager ce général à revenir à Rome : n'appelez pas ainsi, s'ecrie alors Sertorius, des murs que Sylla remplit de sang ; ils ne sont plus que le tombeau de ma patrie ;

Et, comme autour de moi j'ai tous ses vrais appuis,
Rome n'est plus dans Rome, elle est toute où je suis.

LETTRE XXXVII.

DU SUBLIME DES IMAGES.

Les images qui présentent avec des couleurs vives et fortes un objet frappant, une belle action, ou un grand événement, sont des images sublimes.

La Bible en renferme un très-grand nombre; la suivante est regardée comme la plus belle:

« Dieu dit : que la lumière soit, et la lumière fut. »

Genèse, chap. 1. *v.* 3.

Il est impossible de n'être pas frappé de cette image de la puissance divine. Lorsque l'on considère, non seulement les globes qui composent l'univers matériel, et les mouvements différents dont ils sont animés ; mais encore le nombre infini des êtres qui couvrent probablement leurs surfaces, et l'harmonie admirable qui doit régner sur elles, qu'on se trouve petit devant celui qui a créé tout cela en disant : Que l'univers soit!

On retrouve souvent la hardiesse et la sublimité du style de la Bible dans les oraisons funèbres de Bossuet, et dans son discours sur l'histoire universelle. Dans ce dernier ouvrage, par exemple, au lieu de dire que l'idolâtrie s'étoit répandue par toute la terre, il dit :

« Tout étoit dieu, excepté Dieu lui-même. »

Ces deux images, et surtout la première, sont si grandes par elles-mêmes, que le meilleur moyen de les présenter, étoit de le faire le plus simplement possible. Si vous en voulez une preuve, rappelez-vous la manière dont Racine a exprimé la création de la lumière, en parlant des bienfaits de Dieu :

Il ordonne au soleil d'animer la nature :
Et la lumière est un don de ses mains.

Quelque belle que soit encore cette image, elle est cependant plus foible que celle de Moïse.

C'est peut-être la seule fois que Racine est resté au-dessous de son modèle. Dans les nombreux passages qu'il a imités de l'Ecriture Sainte, il a toujours su conserver le caractère sublime de l'original.

Esther, dans la tragédie de ce nom, craint de s'attirer le courroux d'Assuérus en lui parlant en faveur

des Juifs. C'est Dieu qui l'ordonne, lui dit Mardochée, vous ne devez rien redouter :

Que peuvent contre lui tous les rois de la terre ?
En vain ils s'uniroient pour lui faire la guerre ;
Pour dissiper leur ligue, il n'a qu'à se montrer :
Il parle, et dans la poudre il les fait tous rentrer :
Au seul son de sa voix la mer fuit, le ciel tremble :
Il voit comme un néant tout l'univers ensemble
Et les foibles mortels, vains jouets du trépas,
Sont tous devant ses yeux, comme s'ils n'étoient pas.

Encouragée par Mardochée, Esther se détermine
enfin à demander au roi la grâce du peuple juif,
et commence par lui présenter ainsi la puissance du
Dieu d'Israel :

Ce Dieu maître absolu de la terre et des cieux,
N'est point tel que l'erreur le figure à vos yeux.
L'Eternel est son nom, le monde est son ouvrage.
Il entend les soupirs de l'humble qu'on outrage,
Juge tous les mortels avec d'égales lois,
Et du haut de son trône interroge les rois.
Des plus fermes états la chute épouvantable,
Quand il veut, n'est qu'un jeu de sa main redoutable.

Voltaire, dans la Henriade, donne une très-haute
idée du courage du premier président de Harlay.
Bussy-le-clerc à la tête des rebelles venoit demander au parlement un arrêt de proscription contre
les rois :

Soudain Harlay se lève; Harlay ce noble guide,
Ce chef d'un parlement, juste autant qu'intrépide;
Il se présente aux seize, il demande des fers,
Du front dont il aurait condamné ces pervers.

Corneille avoit dit avant Voltaire, en parlant de Pompée :

Il reçoit les adieux des siens et de sa femme,
Leur défend de le suivre, et s'avance au trépas
Avec le même front qu'il donnoit les états.

Cette seconde image est encore plus sublime que la précédente. Vous pouvez remarquer de plus que la coupe des deux derniers vers est la même dans le poëte moderne.

Ces derniers exemples, et les deux passages de Racine particulièrement, peuvent vous faire voir qu'il est des images sublimes que l'on peut agrandir encore, en employant pour les rendre, des expressions majestueuses et sonores.

LETTRE XXXVIII.

DU STYLE SUBLIME.

La force, la noblesse, et la majesté des expressions; la hardiesse, et la vivacité des figures, constituent le style sublime. Il sert à relever les pensées, les images, et les sentiments déjà sublimes par eux-mêmes, et à leur donner un caractère de sublimité quand ils ne le sont pas.

En voici des exemples :

Exorde de l'oraison funèbre de la reine d'Angleterre.

Et nunc, reges, intelligite; erudimini, qui judicatis terram.
Psalm. 2.
Maintenant, ô rois, apprenez ; instruisez-vous, juges de la terre.

« Celui qui règne dans les cieux, et de qui relèvent tous les empires, à qui seul appartient la gloire, la majesté, et l'indépendance, est aussi le seul qui se glorifie

de faire la loi aux rois, et de leur donner, quand il lui
plaît, de grandes et de terribles leçons. Soit qu'il élève
les trônes, soit qu'il les abaisse ; soit qu'il communique
sa puissance aux princes, soit qu'il la retire à lui-même,
et ne leur laisse que leur propre foiblesse ; il leur apprend
leurs devoirs d'une manière souveraine et digne de lui :
car, en leur donnant sa puissance, il leur commande d'en
user comme il fait lui-même pour le bien du monde ; et
il leur fait voir, en la retirant, que toute leur majesté est
empruntée, et que, pour être assis sur le trône, ils n'en
sont pas moins sous sa main et sous son autorité suprême.
C'est ainsi qu'il instruit les princes, non seulement par
des discours et par des paroles, mais encore par des
effets et par des exemples. *Et nunc, reges, intelligite;
erudimini, qui judicatis terram.*

Chrétiens, que la mémoire d'une grande reine, fille,
femme, mère de rois si puissants, et souveraine de trois
royaumes, appelle de tous côtés à cette triste cérémonie,
ce discours vous fera paroître un de ces exemples redoutables qui étalent aux yeux du monde sa vanité toute
entière. Vous verrez dans une seule vie toutes les extrémités des choses humaines ; la félicité sans bornes, aussi
bien que les misères ; une longue et paisible jouissance
d'une des plus nobles couronnes de l'univers ; tout ce que
peuvent donner de plus glorieux la naissance et la grandeur accumulées sur une tête, qui ensuite est exposée à
tous les outrages de la fortune ; la bonne cause d'abord
suivie de bons succès, et, depuis, des retours soudains,
des changements inouis ; la rebellion long-temps retenue,

à la fin tout-à-fait maîtresse ; nul frein à la licence ; les lois abolies ; la majesté violée par des attentats jusqu'alors inconnus ; l'usurpation et la tyrannie sous le nom de liberté ; une reine fugitive, qui ne trouve aucune retraite dans trois royaumes, et à qui sa propre patrie n'est plus qu'un triste lieu d'exil ; neuf voyages sur mer, entrepris par une princesse, malgré les tempêtes ; l'océan étonné de se voir traversé tant de fois en des appareils si divers, et pour des causes si différentes ; un trône indignement renversé, et miraculeusement rétabli : voilà les enseignemens que Dieu donne aux rois : ainsi fait-il voir au monde le néant de ses pompes et de ses grandeurs.

Si les paroles nous manquent, si les expressions ne répondent pas à un sujet si vaste et si relevé, les choses parleront assez d'elles-mêmes ; le cœur d'une grande reine, autrefois élevé par une si longue suite de prospérités, et puis plongé tout-à-coup dans un abîme d'amertumes, parlera assez haut ; et s'il n'est pas permis aux particuliers de faire des leçons aux princes sur des évènemens si étranges, un roi me prête ses paroles pour leur dire : *Et nunc, reges, intelligite; erudimini, qui judicatis terram.* Entendez, ô grands de la terre; instruisez-vous, arbitres du monde. »

« Quel début ! dit M. de La Harpe ; quelle majesté sombre et imposante ! A la vérité, quel sujet ! Mais comme il est exposé dans cet exorde qui le contient tout entier ! Dès ces premiers mots, notre âme est déjà troublée de ce fracas de révolutions désas-

treuses , et remplie d'une grande scène d'infortunes. Pourquoi? c'est que l'orateur a fait parler
les choses mêmes ; pas un mot qui ne porte ; pas
un qui ne soit une image ou une idée, un tableau
ou une leçon ; et, au milieu de cet assemblage si
imposant, la grande idée de Dieu qui domine tout!
Qu'on se représente, après un semblable exorde,
des auditeurs dans un temple qui ajoute encore
à son effet, et qu'on se demande si quelqu'un d'eux
pouvoit songer à Bossuet ? Non , l'imagination
assaillie par tant d'objets de douleur et de réflexion,
n'a vu , n'a pu voir que le renversement des trônes,
les coups de la fortune , les tempêtes , l'océan.

« Nul écrivain , ajoute le même critique , n'a tiré
un plus grand parti de ces idées de destruction,
qui fournissent toujours à son éloquence les ins-
tructions les plus sublimes et les plus frappantes.
On pourroit dire de lui, si l'on osoit hasarder
des expressions qui se présentent quand on le lit,
et qui semblent dans son goût, que nul homme ne
s'est avancé plus loin dans l'éternité , et ne s'est
enfoncé plus avant dans les profondeurs de notre
néant.

«La manière dont il exprime ses pensées n'est pas
moins admirable que ne le sont les pensées elles-
mêmes. Expressions , tournures , mouvements,
construction , harmonie, tout lui appartient. Sans

lui, peut-être, nous ne connoîtrions pas toute la richesse de notre langue. Au lieu de se plier à elle, il la force à le suivre ; et c'est toujours pour lui donner de la grandeur et de l'énergie.

« Les expressions mêmes les plus familières sont presque toujours une beauté, parce qu'elles remplissent son dessein mieux que toute autre. Cette phrase, par exemple :

« La voilà telle que la mort nous l'a faite. »

(*Oraison funèbre de Madame.*)

est en elle-même du style familier ; placez-la dans un discours foiblement écrit, elle fera rire. Dans Bossuet, elle est frappante de vérité et d'énergie. Après avoir dit sur le même sujet ce qu'il y a de plus relevé, il finit par ne trouver rien de plus expressif que cette locution. Elle est vulgaire, il est vrai ; mais elle rend si bien, en un seul mot, tout ce que la mort a fait de Madame, que les termes les plus choisis n'en diroient pas autant. »

Les oraisons funèbres de la reine d'Angleterre, de Madame, et du grand Condé, vous offriront à chaque page des exemples de style sublime.

Dans celle du grand Condé, vous trouverez d'abord de la grandeur et de l'impétuosité ; ensuite de la noblesse et de la douceur ; enfin, le pathétique le plus majestueux et le plus touchant.

Les bornes que je me suis prescrites ne me permettant pas de multiplier les citations autant que je le désirerois, je ne mettrai sous vos yeux que le morceau qui termine ce dernier chef-d'œuvre de Bossuet.

Péroraison de l'oraison funèbre du prince de Condé.

« Venez, peuples, venez maintenant ; mais venez plutôt, princes et seigneurs, et vous qui jugez la terre, et vous qui ouvrez aux hommes les portes du ciel ; et vous, plus que tous les autres, princes et princesses, nobles rejetons de tant de rois, lumières de la France, mais aujourd'hui obscurcies et couvertes de votre douleur comme d'un nuage ; venez voir le peu qui nous reste d'une si auguste naissance, de tant de grandeur, de tant de gloire ; jetez les yeux de toutes parts : voilà tout ce qu'a pu faire la magnificence et la piété pour honorer un héros ; des titres, des inscriptions, vaines marques de ce qui n'est plus ; des figures qui semblent pleurer autour d'un tombeau, et des fragiles images d'une douleur que le temps emporte avec tout le reste ; des colonnes qui semblent vouloir porter jusqu'au ciel le magnifique témoignage de notre néant ; et rien enfin ne manque de tous ces honneurs que celui à qui on les rend.

Pleurez donc sur ces foibles restes de la vie humaine ; pleurez sur cette triste immortalité que nous donnons aux héros ; mais approchez en particulier, ô vous qui courez avec tant d'ardeur dans la carrière de la gloire, âmes guerrières et intrépides ; quel autre fut plus digne

de vous commander ? Mais dans quel autre avez-vous
trouvé le commandement plus honnête ? Pleurez donc ce
grand capitaine, et dites en gémissant : voilà celui qui
nous menoit dans les hasards ; sous lui se sont formés
tant de renommés capitaines que ses exemples ont élevés
aux premiers honneurs de la guerre ; son ombre eût pu
encore gagner des batailles, et voilà que dans son silence
son nom même nous anime, et ensemble il nous avertit
que pour trouver à la mort quelque reste de nos travaux,
et n'arriver pas sans ressource à notre éternelle demeure,
avec le roi de la terre, il faut encore servir le roi du ciel.
Servez donc ce roi immortel et si plein de miséricorde,
qui vous comptera un soupir et un verre d'eau donné
en son nom, plus que tous les autres ne feront jamais
tout votre sang répandu ; et commencez à compter le
temps de vos utiles services, du jour que vous vous serez
donnés à un maître si bienfaisant.

Et vous, ne viendrez-vous pas à ce triste monument,
vous, dis-je, qu'il a bien voulu mettre au rang de ses
amis ? Tous ensemble, en quelque degré de sa confiance
qu'il vous ait reçus, environnez ce tombeau, versez des
larmes avec des prières, et, admirant dans un si grand
prince une amitié si commode et un commerce si doux,
conservez le souvenir d'un héros dont la bonté avoit égalé
le courage. Ainsi puisse-t-il toujours vous être un cher
entretien ! Ainsi puissiez-vous profiter de ses vertus ; et
que sa mort, que vous déplorez, vous serve à la fois de
consolation et d'exemple !

Pour moi, s'il m'est permis, après tous les autres, de

venir rendre les derniers devoirs à ce tombeau, ô prince,
le digne sujet de nos louanges et de nos regrets, vous
vivrez éternellement dans ma mémoire; votre image y
sera tracée, non point avec cette audace qui promettoit
la victoire, non, je ne veux rien voir en vous de ce que
la mort y efface; vous aurez dans cette image des traits
immortels; je vous y verrai tel que vous étiez à ce dernier jour sous la main de Dieu, lorsque sa gloire sembla
commencer à vous apparoître. C'est-là que je vous verrai
plus triomphant qu'à Fribourg et à Rocroi; et, ravi d'un
si beau triomphe, je dirai en actions de grâces ces belles
paroles du bien-aimé disciple : *Et hæc est victoria quæ
vincit mundum, fides nostra :* « La véritable victoire,
» celle qui met sous nos pieds le monde entier, c'est
» notre foi. » Jouissez, prince, de cette victoire, jouissez-
en éternellement par l'immortelle vertu de ce sacrifice;
agréez ces derniers efforts d'une voix qui vous fut connue:
vous mettrez fin à tous ces discours. Au lieu de déplorer
la mort des autres, grand prince, dorénavant je veux
apprendre de vous à rendre la mienne sainte; heureux si,
averti par ces cheveux blancs du compte que je dois rendre de mon administration, je réserve au troupeau que je
dois nourrir de la parole de vie, les restes d'une voix qui
tombe, et d'une ardeur qui s'éteint.. »

« Quel mélange de douleur et d'onction, de noblesse et de simplicité! Avouons, dit M. de La Harpe,
que l'éloquence ne peut pas aller plus loin;
avouons que la renommée qui a consacré depuis
un siècle le nom de Bossuet, n'a pas été une infi-

dèle dispensatrice de la gloire. Figurons-nous ce
grand homme, aussi vénérable par son âge et sa
belle figure que par ses talents et ses dignités, pro-
nonçant ces dernières paroles devant une cour ac-
coutumée à recueillir avec respect toutes celles qui
sortoient de sa bouche, et mêlant l'idée de sa mort
prochaine à celle du héros qu'il venoit de célébrer;
combien ce retour sur lui-même dut paroître touchant!

« Sans m'arrêter à toutes les beautés de cette
sublime péroraison, je ne puis m'empêcher, du
moins, d'en observer une qui peut-être n'est pas
très-frappante par elle-même, mais qui pourtant
me paroît digne de remarque par la place où elle
est ; c'est, je l'avouerai, *ce verre d'eau donné* au
pauvre, mis en opposition avec toute la gloire du
grand Condé. Jamais, ce me semble, un homme
ordinaire n'eût osé risquer, même en chaire, ce
contraste hasardeux ; mais Bossuet a senti que cette
citation, toute vulgaire qu'elle pouvoit être, étoit
non seulement autorisée par l'Evangile, mais encore ennoblie par l'humanité, à qui l'on ne pouvoit rendre un plus bel hommage, que de la mettre
au-dessus de toute la grandeur de Condé ; et j'a-
voue que je ne saurois me défendre d'en savoir gré
à l'auteur. »

Les oraisons funèbres de Bossuet, où l'éternité

paroît sans cesse à côté de notre néant, ne pouvoient pas, d'ailleurs, se mieux terminer que par
cette péroraison, où vous trouvez les belles apostrophes dont je vous ai parlé. Elle représente véritablement une pompe funèbre et religieuse, s'avan-
çant en cérémonie vers un tombeau, sur lequel les
princes, les prélats, les guerriers, le peuple, et
l'orateur lui-même, viennent, les uns après les
autres, verser des pleurs et des prières.

Comme le style sublime convient à tous les
grands sujets, il est quelquefois employé dans les
sermons, et domine dans les tragédies.

Rappelez-vous, par exemple, le passage de
Massillon, que je vous ai cité, en vous parlant
de la Prosopopée. Rappelez-vous encore l'endroit
où le même orateur, dans le sermon *sur le petit
nombre des élus,* suppose que le jour du jugement
est arrivé, et que Jésus-Christ va paroître au
milieu de ses auditeurs, pour les juger chacun
selon ses œuvres. Ce morceau est regardé comme
un des plus beaux traits d'éloquence qu'on puisse
lire ; et tout le sermon est digne d'un endroit si
brillant.

Dans la tragédie de Cinna, Auguste instruit par
Maxime de la conjuration de ce romain, le fait
venir, et lui reproche ainsi son ingratitude :

Tu vois le jour, Cinna ; mais ceux dont tu le tiens

Furent les ennemis de mon père, et les miens :
Au milieu de leur camp tu reçus la naissance ;
Et, lorsque après leur mort tu vins en ma puissance,
Leur haine, enracinée au milieu de ton sein,
T'avoit mis contre moi les armes à la main.
Tu fus mon ennemi même avant que de naître,
Et tu le fus encor quand tu me pus connoître ;
Et l'inclination jamais n'a démenti
Ce sang qui t'avoit fait du contraire parti :
Autant que tu l'as pu, les effets l'ont suivie.
Je ne m'en suis vengé qu'en te donnant la vie :
Je te fis prisonnier pour te combler de biens ;
Ma cour fut ta prison ; mes faveurs tes liens.
Je te restituai d'abord ton patrimoine ;
Je t'enrichis après des dépouilles d'Antoine ;
Et tu sais que depuis, à chaque occasion,
Je suis tombé pour toi dans la profusion.
Toutes les dignités que tu m'as demandées,
Je te les ai sur l'heure et sans peine accordées ;
Je t'ai préféré même à ceux dont les parents
Ont jadis dans mon camp tenu les premiers rangs,
A ceux qui de leur sang m'ont acheté l'empire,
Et qui m'ont conservé les jours que je respire :
De la façon enfin qu'avec toi j'ai vécu,
Les vainqueurs sont jaloux du bonheur du vaincu.
Quand le ciel me voulut, en rappelant Mécène,
Après tant de faveur montrer un peu de haine,
Je te donnai sa place en ce triste accident,
Et te fis après lui mon plus cher confident.
Aujourd'hui même encor, mon âme irrésolue

Me pressant de quitter ma puissance absolue,
De Maxime et de toi j'ai pris les seuls avis;
Et ce sont malgré lui les tiens que j'ai suivis.
Bien plus, ce même jour, je te donne Emilie,
Le digne objet des vœux de toute l'Italie,
Et qu'ont mise si haut mon amour et mes soins,
Qu'en te couronnant roi je t'aurois donné moins.
Tu t'en souviens, Cinna; tant d'heur et tant de gloire
Ne peuvent pas sitôt sortir de ta mémoire :
Mais, ce qu'on ne pourroit jamais s'imaginer,
Cinna, tu t'en souviens, et veux m'assassiner.

Auguste prouve ensuite qu'il est sûr de ce qu'il
avance, et finit en permettant à Cinna de choisir
lui-même son supplice.

A peine a-t-il prononcé ces derniers mots, que
Emilie et Maxime viennent lui demander la mort;
l'une, en s'accusant d'avoir armé Cinna; l'autre,
en disant que le remords ne l'a point touché, et
que la seule espérance de se défaire d'un rival,
lui a fait trahir ses complices.

AUGUSTE.

En est-ce assez, ô ciel! et le sort pour me nuire
A-t-il quelqu'un des miens qu'il veuille encor séduire?
Qu'il joigne à ses efforts le secours des enfers,
Je suis maître de moi comme de l'univers;
Je le suis, je veux l'être. O siècles! ô mémoire!
Conservez à jamais ma dernière victoire :

Je triomphe aujourd'hui du plus juste courroux
De qui le souvenir puisse aller jusqu'à vous.

    Soyons amis, Cinna ; c'est moi qui t'en convie :
Comme à mon ennemi je t'ai donné la vie ;
Et, malgré la fureur de ton lâche dessein,
Je te la donne encor comme à mon assassin.

Avant Corneille, cette élévation dans les sentiments et dans le style étoit inconnue sur la scène.
Les héros de tragédies n'étoient que des héros de
romans ; il n'y avoit dans leurs discours que de
l'emphase ou de la trivialité ; les jeux de mots les
plus déplacés excitoient la plus vive admiration,
et décidoient le succès des pièces ; en un mot, toutes
les règles de l'art et de la bienséance étoient violées.
Corneille parut, et le théâtre changea de face. Il
sut prêter à ses personnages la grandeur et l'énergie qu'il avoit dans l'âme ; il sut leur donner un
langage plein de force et de noblesse ; et fit enfin
connoître à la France le véritable caractère de la
tragédie.

Il ne faut donc pas s'étonner de trouver encore,
même dans ses chefs-d'œuvre, quelques traces du
mauvais goût de son siècle ; ce qui doit nous
frapper, c'est de les y rencontrer si rarement. S'il
tombe quelquefois, cela ne doit pas nous surpren-
dre davantage : lorsque le génie a trop de difficultés à vaincre, les efforts qu'il fait le fatiguent, et

ne lui permettent pas de se soutenir toujours à la même hauteur.

Racine, dans ses deux premières tragédies, voulut imiter Corneille; mais ce début ne fut pas heureux. Il suivit alors une autre route, et le succès d'Andromaque ne fut pas moins brillant que celui du Cid. Quelques années après, les rôles d'Acomat et de Mithridate firent voir qu'il pouvoit s'élever jusqu'à Corneille; enfin son dernier chef-d'œuvre a prouvé qu'il étoit capable de concevoir et de tracer les plus grands caractères.

Quelle majesté, en effet, dans cette admirable exposition :

JOAD, ABNER.

ABNER.

Oui, je viens dans son temple adorer l'Eternel;
Je viens, selon l'usage antique et solennel,
Célébrer avec vous la fameuse journée
Où sur le mont Sina la loi nous fut donnée.
Que les temps sont changés ! Sitôt que de ce jour
La trompette sacrée annonçoit le retour,
Du temple, orné partout de festons magnifiques,
Le peuple saint en foule inondoit les portiques;
Et tous, devant l'autel avec ordre introduits,
De leurs champs dans leurs mains portant les nouveaux fruits,
Au Dieu de l'univers consacroient ces prémices:
Les prêtres ne pouvoient suffire aux sacrifices.
L'audace d'une femme arrêtant ce concours,

En des jours ténébreux a changé ces beaux jours.
D'adorateurs zélés à peine un petit nombre
Ose des premiers temps nous retracer quelque ombre :
Le reste pour son Dieu montre un oubli fatal ;
Ou même, s'empressant aux autels de Baal,
Se fait initier à ses honteux mystères,
Et blasphême le nom qu'ont invoqué leurs pères.
Je tremble qu'Athalie, à ne vous rien cacher,
Vous-même de l'autel vous faisant arracher,
N'achève enfin sur vous ses vengeances funestes,
Et d'un respect forcé ne dépouille les restes.

JOAD.

D'où vous vient aujourd'hui ce noir pressentiment ?

ABNER.

Pensez-vous être saint et juste impunément ?
Dès long-temps elle hait cette fermeté rare
Qui rehausse en Joad l'éclat de la tiare :
Dès long-temps votre amour pour la religion
Est traité de révolte et de sédition.

. . . .

Croyez-moi, plus j'y pense, et moins je puis douter
Que sur vous son courroux ne soit près d'éclater,
Et que de Jézabel la fille sanguinaire
Ne vienne attaquer Dieu jusqu'en son sanctuaire.

JOAD.

Celui qui met un frein à la fureur des flots
Sait aussi des méchants arrêter les complots.
Soumis avec respect à sa volonté sainte,
Je crains Dieu, cher Abner, et n'ai point d'autre crainte.
Cependant je rends grâce au zèle officieux

Qui sur tous mes périls vous fait ouvrir les yeux.

Je vois que l'injustice en secret vous irrite,

Que vous avez encor le cœur israëlite,

Le ciel en soit béni ! Mais ce secret courroux,

Cette oisive vertu, vous en contentez-vous ?

La foi qui n'agit point, est-ce une foi sincère ?

Huit ans déjà passés, une impie étrangère

Du sceptre de David usurpe tous les droits,

Se baigne impunément dans le sang de nos rois,

Des enfants de son fils détestable homicide,

Et même contre Dieu lève son bras perfide :

Et vous, l'un des soutiens de ce tremblant état,

Vous, nourri dans les camps du saint roi Josaphat,

Qui, sous son fils Joram commandiez nos armées,

Qui rassurâtes seul nos villes alarmées,

Lorsque d'Ochozias le trépas imprévu

Dispersa tout son camp à l'aspect de Jéhu ;

Je crains Dieu, dites vous, sa vérité me touche !

Voici comme ce Dieu vous répond par ma bouche :

« Du zèle de ma loi que sert de vous parer ?

» Par de stériles vœux pensez-vous m'honorer ?

» Quel fruit me revient-il de tous vos sacrifices ?

» Ai-je besoin du sang des boucs et des génisses ?

» Le sang de vos rois crie, et n'est point écouté.

» Rompez, rompez tout pacte avec l'impiété ;

» Du milieu de mon peuple exterminez les crimes :

» Et vous viendrez alors m'immoler vos victimes. »

ABNER.

Hé ! que puis-je au milieu de ce peuple abattu ?

Benjamin est sans force, et Juda sans vertu :

Le jour qui de leurs rois vit, éteindre la race
Eteignit tout le feu de leur antique audace.

. . . .

Où sont-ils ces honneurs à David tant promis,
Et prédits même encore à Salomon son fils ?
Hélas ! nous espérions que de leur race heureuse
Devoit sortir de rois une suite nombreuse ;
Que sur toute tribu, sur toute nation,
L'un d'eux établiroit sa domination,
Feroit cesser partout la discorde et la guerre,
Et verroit à ses pieds tous les rois de la terre.

JOAD.

Aux promesses du ciel pourquoi renoncez-vous ?

ABNER.

Ce roi, fils de David, où le chercherons-nous ?
Le ciel même peut-il réparer les ruines
De cet arbre séché jusques dans ses racines ?
Athalie étouffa l'enfant même au berceau.
Les morts, après huit ans, sortent-ils du tombeau ?

. . . .

JOAD.

Je ne m'explique point ; mais quand l'astre du jour
Aura sur l'horizon fait le tiers de son tour,
Lorsque la troisième heure aux prières rappelle,
Retrouvez-vous au temple avec ce même zèle.
Dieu pourra vous montrer par d'importants bienfaits
Que sa parole est stable, et ne trompe jamais.
Allez : pour ce grand jour il faut que je m'apprête,
Et du temple déjà l'aube blanchit le faîte

Athalie, long-temps méprisée, est généralement regardée aujourd'hui comme le chef-d'œuvre de la tragédie. On rapporte au sujet de cette pièce une anecdote, dans laquelle on trouve, en quelques mots, le plus bel éloge de Racine.

Le Kain se disposoit à débuter au théâtre françois, sous les auspices de Voltaire. Voulant faire devant son maître un essai de ses moyens, il s'offrit à lui débiter le rôle d'Abner, dans la scène dont vous venez de lire un fragment. Voltaire l'écouta; mais bientôt, emporté par l'enthousiasme que lui inspiroit l'ouvrage, il interrompit l'acteur, en s'écriant : Quel style! quelle poésie! et toute la pièce est écrite de même : ah! Monsieur; quel homme que Racine!

Dans les quatre vers qui commencent par celui-ci :

Celui qui met un frein à la fureur des flots, etc.

les trois espèces de sublime sont réunies à la sublimité du style. Le sublime d'images se trouve en effet dans le premier; le sublime de pensées dans le second; le sublime de sentiments dans les deux derniers; et le sublime de style dans les quatre : de tels exemples sont bien rares.

Parmi les nombreux passages que je pourrois ajouter à ceux que vous venez de lire, je m'étois proposé de vous citer le récit de Théramène. Mais je me suis rappelé que cette narration étoit depuis long-temps gravée dans votre mémoire ; et j'ai cru qu'il seroit inutile de la transcrire ici.

Le style sublime est aussi celui de la poésie lyrique. Le meilleur modèle que nous ayons, jusqu'à présent, en ce genre, est J. B. Rousseau. C'est en vain que l'on chercheroit ailleurs cette hardiesse, cette chaleur, cette rapidité que l'on trouve dans l'ode sur la bataille de Péterwaradin, et dans celle à M. de Grimani. Ce que vous avez vu de la dernière, dans la lettre sur l'Hypotypose, me dispense de vous citer des exemples semblables.

L'ode au comte du Luc est, pour l'ensemble et pour le style, un chef-d'œuvre qui ne le cède en rien à ceux-là.

Le poëte, après avoir représenté, dans un début plein de pompe et de véhémence, l'état violent où il se trouve quand le démon de la poésie vient s'emparer de lui ; après avoir parlé du pouvoir de l'harmonie, et des prodiges qu'elle opéroit dans des temps plus heureux ; arrive à son sujet en nous apprenant ce qu'il feroit, si Phœbus venoit l'inspirer :

Ah ! si ce dieu sublime, échauffant mon génie,
Ressuscitoit pour moi de l'antique harmonie
    Les magiques accords ;

14

Si je pouvois du ciel franchir les vastes routes,
Ou percer par mes chants les infernales voûtes
    De l'empire des morts;

Je n'irois point, des dieux profanant la retraite,
Dérober au destin, téméraire interprête,
    Ses augustes secrets;
Je n'irois point chercher une amante ravie,
Et, la lyre à la main, redemander sa vie
    Au gendre de Cérès.

Enflammé d'une ardeur plus noble et moins stérile,
J'irois, j'irois pour vous, ô mon illustre asile,
    O mon fidèle espoir!
Implorer aux enfers ces trois fières déesses,
Que jamais jusqu'ici nos vœux ni nos promesses
    N'ont su l'art d'émouvoir.

« Puissantes déités qui peuplez cette rive,
Préparez, leur dirois-je, une oreille attentive
    Au bruit de mes concerts :
Puissent-ils amollir vos superbes courages,
En faveur d'un héros digne des premiers âges
    Du naissant univers !

Non, jamais sous les yeux de l'auguste Cybèle
La terre ne fit naître un plus parfait modèle,
    Entre les dieux mortels :
Et jamais la vertu n'a, dans un siècle avare,
D'un plus riche parfum, ni d'un encens plus rare
    Vu fumer ses autels.

C'est lui, c'est le pouvoir de cet heureux génie,
Qui soutient l'équité contre la tyrannie
    D'un astre injurieux.
L'aimable vérité, fugitive, importune,
N'a trouvé qu'en lui seul, sa gloire, sa fortune,
    Sa patrie et ses dieux.

Corrigez donc pour lui vos rigoureux usages;
Prenez tous les fuseaux qui pour les plus longs âges
    Tournent entre vos mains.
C'est à vous que du Styx les dieux inexorables
Ont confié les jours, hélas! trop peu durables,
    Des fragiles humains.

Si ces dieux, dont un jour tout doit être la proie,
Se montrent trop jaloux de la fatale soie
    Que vous leur redevez,
Ne délibérez plus, tranchez mes destinées,
Et renouez leur fil à celui des années
    Que vous lui réservez.

Ainsi daigne le ciel, toujours pur et tranquille,
Verser sur tous les jours que votre main nous file
    Un regard amoureux!
Et puissent les mortels, amis de l'innocence,
Mériter tous les soins que votre vigilance
    Daigne prendre pour eux! »

C'est ainsi qu'au-delà de la fatale barque
Mes chants adouciroient de l'orgueilleuse parque
    L'impitoyable loi;

Lachésis apprendroit à devenir sensible,
Et le double ciseau de sa sœur inflexible
Tomberoit devant moi.

« Il tomberoit sans doute, s'écrie M. de La Harpe, si l'oreille des divinités infernales étoit sensible aux charmes des beaux vers. Quelle richesse d'expressions ! quelle harmonie ! Cette prière est si touchante, le chant du poëte est si mélodieux, qu'il paroît être ce même Orphée qu'il vouloit imiter. »

Il seroit à désirer que Jean-Baptiste n'eût jamais écouté d'autre voix que celle de la reconnoissance. On n'auroit pas à lui reprocher quelques épigrammes, où l'on voit avec peine un grand poëte ne pas respecter ceux qui lui avoient été utiles.

Mais il paya bien cher la célébrité qu'il s'est acquise par la finesse piquante de son esprit : ses malheurs sont aussi connus que ses écrits. Ces infortunes, le regret qu'il manifesta lui-même de n'avoir pas su résister à son génie satyrique, les persécutions de l'envie et de la calomnie, le désir si naturel et si puissant de s'exercer dans un genre où l'on obtient les succès les plus brillants ; tout cela mérite bien notre indulgence. Il faut excuser ses fautes pour ne penser qu'à son mérite.

« Rien dans notre langue, dit M. Amar, ne surpasse la richesse et l'éclat de ses belles odes, la grâce et l'élégance harmonieuse de ses cantates. »

Ses derniers ouvrages renferment à peine, il est vrai, quelques étincelles d'un si beau talent ; mais ils n'ont pas empêché de le placer au rang des écrivains qui font le plus d'honneur à la France. Si les dernières tragédies de Corneille ne nuisent pas à sa gloire, ces foibles productions de l'exil et de la vieillesse de Rousseau ne doivent pas nuire à la sienne.

Lefranc de Pompignan, qui suivit la même carrière que ce poëte, fut un de ses plus zélés défenseurs. Il a consacré à sa mémoire une ode dans laquelle on trouve plusieurs strophes dignes de Rousseau lui-même. Voici ces strophes :

> Quand le premier chantre du monde
> Expira sur les bords glacés
> Où l'Hèbre effrayé dans son onde
> Reçut ses membres dispersés,
> Le Thrace, errant sur les montagnes,
> Remplit les bois et les campagnes
> Du cri perçant de ses douleurs ;
> Les champs de l'air en retentirent,
> Et dans les antres qui gémirent
> Le lion répandit des pleurs.

Après avoir parlé de ce que Jean-Baptiste eut à souffrir de la calomnie, le poëte ajoute :

> Jusques à quand, mortels farouches,
> Vivrons-nous de haine et d'aigreur ?

Prêterons-nous toujours nos bouches
Au langage de la fureur?
Implacable dans ma colère,
Je m'applaudis de la misère
De mon ennemi terrassé;
Il se relève, je succombe,
Et moi-même à ses pieds je tombe,
Frappé du trait que j'ai lancé.

Du sein des ombres éternelles,
S'élevant au trône des dieux,
L'envie offusque de ses aîles
Tout éclat qui frappe ses yeux.
Quel ministre, quel capitaine,
Quel monarque vaincra la haine,
Et les injustices du sort?
Le temps à peine les consomme;
Et, quoique fasse le grand homme,
Il n'est grand homme qu'à sa mort.

Le Nil a vu, sur ses rivages,
Les noirs habitants des déserts
Insulter, par leurs cris sauvages,
L'astre éclatant de l'univers.
Cris impuissants, fureurs bizarres!
Tandis que ces monstres barbares
Poussoient d'insolentes clameurs,
Le dieu, poursuivant sa carrière,
Versoit des torrents de lumière
Sur ses obscurs blasphémateurs.

Toutes ces strophes sont de la plus grande beauté , et surtout la première et la dernière.

« Celle-là , dit M. de La Harpe , est belle comme l'antique , belle comme Horace et Pindare. Rien n'est plus heureux que de commencer ainsi par la mort d'Orphée ; et ce tableau étoit le seul où *le lion répandant des pleurs*, qui est d'un si grand effet, pût se trouver naturellement placé. Et quelle marche , et quel nombre !

» L'autre est encore au-dessus : c'est le plus magnifique emblème du génie éclairant les hommes, tandis qu'il en est persécuté. Je ne connois point de plus grande idée rendue par une plus grande image , ni de vers d'une harmonie plus imposante.

» Dans un voyage à Ferney en 1763 , ajoute M. de La Harpe , je trouvai l'occasion d'en parler à Voltaire , à table , et en présence de vingt personnes. Il jeta des cris d'admiration : « Ah ! mon Dieu , que cela est beau ! Eh ! qui a fait cela ? » Je m'amusai quelque temps à le faire deviner ; enfin je nommai Pompignan. Ce fut un coup de théâtre ; les bras lui tombèrent ; tout le monde fit silence et fixa les yeux sur lui. « Redites-moi la strophe. » Je la répétai ; et l'on peut s'imaginer avec quelle sévère attention elle fut écoutée. « Il n'y a rien à dire, la strophe est belle. »

❦❦❦❦❦❦❦❦❦❦❦❦❦❦❦❦❦❦❦❦❦❦❦❦❦❦❦❦❦❦❦❦❦❦❦❦❦❦❦

LETTRE XXXIX.

DE L'ENFLURE.

SOUVENT un écrivain s'égare en voulant s'élever jusqu'au sublime. Il tombe alors dans l'enflure; c'est-à-dire qu'il compose avec des pensées communes, rendues avec pompe, des phrases dont l'éclat trompeur le séduit lui-même. C'est un défaut contre lequel on cherche à prévenir avec beaucoup de soin, parce qu'il est très-facile de se laisser éblouir par des mots harmonieux et sonores, qui ne sont cependant que du faux brillant.

M. Rollin regarde comme un exemple d'enflure ce que dit Malherbe dans l'ode sur la mort de Henri IV, en parlant de la douleur de la reine :

L'image de ses pleurs dont la source féconde
Jamais depuis sa mort ses vaisseaux n'a taris,
C'est la Seine en fureur qui déborde son onde
Sur les quais de Paris.

L'enflure n'est pas la seule chose qu'on puisse reprendre dans ses vers. Les deux premiers, dont le sens n'est pas très-clair, renferment une inversion vicieuse.

Il ne faudroit cependant pas juger Malherbe par cette citation, et quelques autres que je pourrois y ajouter. Ce poëte, que La Harpe regarde comme un homme vraiment supérieur, fut le créateur de la poésie françoise. Ses ouvrages n'ont pas, il est vrai, la pureté que l'on admire dans ceux des écrivains du siècle de Louis XIV ; mais ce qu'il produisit, il ne le dut qu'à lui-même ; et l'on cite encore après deux cents ans des morceaux de lui qui sont pleins de feu, de noblesse et d'harmonie.

Les vers sur la mort, que vous avez lus dans la lettre sur l'Imitation, en sont un exemple. Les premiers sont foibles, mais les derniers sont d'une beauté parfaite. Les stances qui commencent la pièce dans laquelle se trouvent ces vers, ne sont pas moins remarquables :

Ta douleur, Du Perrier, sera donc éternelle ;
  Et les tristes discours
Que te met en l'esprit l'amitié paternelle,
  L'augmenteront toujours ?

Le malheur de ta fille au tombeau descendue
  Par un commun trépas,

Est-ce quelque dédale où ta raison perdue
  Ne se retrouve pas ?

Elle étoit de ce monde, où les plus belles choses
  Ont le pire destin ;
Et, Rose, elle a vécu ce que vivent les roses,
  L'espace d'un matin.

(Ode à un père sur la mort de sa fille.)

Ce petit vers qui tombe régulièrement après le premier, peint très-bien l'abattement de la douleur ; et la dernière strophe ne vieillira jamais.

J. B. Rousseau lui-même s'est oublié quelquefois. Il dit, par exemple, dans l'ode sur la naissance du duc de Bretagne :

Où suis-je ? quel nouveau miracle
Tient encor mes sens enchantés ?
Quel vaste, quel pompeux spectacle
Frappe mes yeux épouvantés ?
Un nouveau monde vient d'éclore,
L'univers se renferme encore
Dans les abîmes du cahos :
Et pour réparer ses ruines
Je vois des demeures divines
Descendre un peuple de héros.

On a trouvé que cette strophe n'étoit que de l'enflure. On y a même remarqué un contresens : il est difficile, en effet, de faire aller des *yeux épouvantés* avec des *sens enchantés*.

LETTRE XL.

DU STYLE TEMPÉRÉ.

———

LE style tempéré tient le milieu entre le style simple et le style sublime. Il faut en bannir la légèreté de l'un, et la majesté de l'autre ; mais en rejetant ainsi les saillies, et la pompe des expressions, on doit chercher à ne point tomber dans une ennuyeuse uniformité. Le seul moyen d'y parvenir, c'est d'employer tous les ornements que l'art fournit. Ces ornements doivent seulement y être répandus avec goût, et surtout avec variété.

Le style tempéré est celui de tous les ouvrages où il entre de la cérémonie. Il convient à tous les sujets dans lesquels on présente des images douces et agréables. Il est souvent l'expression de l'amitié, de la tristesse, de la douleur, et en général de tous les sentiments tendres.

L'abbé de Chaulieu, dans des stances sur Fon-

tenay, en offre un exemple. Après avoir parlé du
calme et de la paix qu'il y trouve, il ajoute :

Mais hélas ! ces paisibles jours
Coulent avec trop de vitesse ;
Mon indolence et ma paresse
N'en peuvent arrêter le cours.

Déjà la vieillesse s'avance,
Et je verrai dans peu la mort
Exécuter l'arrêt du sort
Qui m'y livre sans espérance.

Fontenay, lieu délicieux,
Où je vis d'abord la lumière,
Bientôt au bout de ma carrière,
Chez toi je joindrai mes aïeux.

Muses qui, dans ce lieu champêtre,
Avec soin me fîtes nourrir ;
Beaux arbres qui m'avez vu naître,
Bientôt vous me verrez mourir.

Cependant du frais de votre ombre
Il faut sagement profiter,
Sans regret prêt à vous quitter
Pour le manoir terrible et sombre,

Où, des arbres dont tout exprès,
Pour un plus doux et long usage,
Mes mains ornèrent ce bocage,
Nul ne me suivra qu'un cyprès.

Ces stances, dans lesquelles vous pouvez remarquer plusieurs apostrophes et plusieurs antithèses, sont pleines de naturel et de sensibilité. Ces deux qualités précieuses se trouvent aussi dans la plupart des idylles de madame des Houlières. M. de La Harpe place celles *des Moutons* et *du Ruisseau* parmi les meilleures poésies de ce genre.

Tout le Télémaque est un modèle de style tempéré. La description des champs élysées, particulièrement, est une peinture toute divine de la félicité que les païens accordoient aux hommes vertueux après leur mort. Cet élysée, dit M. de Châteaubriand, est véritablement un paradis chrétien. L'épisode de Termosiris, et la description de la Bétique, sont aussi des endroits pleins de charme. Ils offrent l'image de ces mœurs simples et douces qui semblent nous ramener au bonheur de l'âge d'or, et qui plaisoient tant à Fénélon.

Le séjour de la cour la plus brillante n'altéroit pas en lui le goût décidé qu'il avoit pour cette heureuse simplicité des premiers temps. Quoiqu'il fût toujours environné des merveilles de l'art, il alla cependant chercher dans les anciens l'idée de la grotte de Calypso. La description qu'il en a donnée est encore un passage que l'on ne sauroit lire trop souvent. Il y a prodigué toute la richesse de l'imagination la plus fertile :

« On arriva à la porte de la grotte de Calypso, ou Télémaque fut surpris de voir, avec une apparence de simplicité rustique, tout ce qui peut charmer les yeux. Il est vrai qu'on n'y voyoit ni or, ni argent, ni marbre, ni colonnes, ni tableaux, ni statues : mais cette grotte étoit taillée dans le roc, en voûtes pleines de rocailles et de coquilles; elle étoit tapissée d'une jeune vigne, qui étendoit également ses branches souples de tous côtés.

Les doux zéphirs conservoient en ce lieu, malgré les ardeurs du soleil, une délicieuse fraîcheur : des fontaines, coulant avec un doux murmure sur des prés semés d'amaranthes et de violettes, formoient en divers lieux des bains aussi purs et aussi clairs que le cristal : mille fleurs naissantes émailloient les tapis verts dont la grotte étoit environnée. Là, on trouvoit un bois de ces arbres touffus qui portent des pommes d'or, et dont la fleur, qui se renouvelle dans toutes les saisons, répand le plus doux de tous les parfums; ce bois sembloit couronner ces belles prairies, et formoit une nuit que les rayons du soleil ne pouvoient percer : là on n'entendoit jamais que le chant des oiseaux, ou le bruit d'un ruisseau qui, se précipitant du haut d'un rocher, tomboit à gros bouillons pleins d'écume, et s'enfuyoit au travers de la prairie.

La grotte de la déesse étoit sur le penchant d'une colline : de là on découvroit la mer, quelquefois claire et unie comme une glace, quelquefois follement irritée contre les rochers, où elle se brisoit en gémissant et élevant ses vagues comme des montagnes; d'un autre côté on voyoit une rivière où se formoient des îles bordées de tilleuls fleuris et de hauts peupliers qui portoient leurs têtes superbes jusque dans les nues. Les divers canaux qui formoient ces îles sembloient se jouer dans la campagne : les uns rouloient leurs eaux claires avec rapidité; d'autres avoient une eau paisible et dormante; d'autres, par de longs détours, revenoient sur leurs pas, comme pour remonter vers leur source, et sembloient ne pouvoir quitter ces bords enchantés. On apercevoit de loin des collines et des montagnes qui se perdoient dans les nues, et dont la figure bizarre formoit un horizon à souhait pour le plaisir des yeux. Les montagnes voisines étoient couvertes de pampre vert qui pendoit en festons: le raisin, plus éclatant que la pourpre, ne pouvoit se cacher sous les feuilles, et la vigne étoit accablée sous son fruit. Le figuier, l'olivier, le grenadier, et tous les autres arbres, couvroient la campagne, et en faisoient un grand jardin. »

Vous préféreriez peut-être un lieu que la nature embelliroit de cette manière, aux jardins et aux palais que nous admirons aujourd'hui. Supposez qu'il s'y trouve une famille comme la vôtre, il n'y manquera rien.

L'éloquence de Massillon, qui s'est élevée jusqu'au sublime dans quelques-uns de ses sermons, devient dans le Petit-Carême aussi douce que persuasive.

Ecoutons-le, par exemple, lorsqu'il cherche à

faire sentir, dans le sermon sur *l'humanité des grands*, que cette humanité est l'usage le plus délicieux de la grandeur :

« Employez tant qu'il vous plaira vos biens et votre autorité à tous les usages que l'orgueil et les plaisirs peuvent inventer : vous serez rassasiés, mais vous ne serez pas satisfaits ; ils vous montreront la joie, mais ils ne la laisseront pas dans votre cœur.

Employez-les à faire des heureux, à rendre la vie plus douce et plus supportable à des infortunés que l'excès de la misère a peut-être réduits mille fois à souhaiter, comme Job, que le jour qui les vit naître eût été lui-même la nuit éternelle de leur tombeau : vous sentirez alors le plaisir d'être nés grands ; vous goûterez la véritable douceur de votre état : c'est le seul privilége qui le rend digne d'envie. Toute cette vaine montre qui vous environne est pour les autres ; ce plaisir est pour vous seuls. Tout le reste a ses amertumes ; ce plaisir seul les adoucit toutes. La joie de faire du bien est tout autrement douce et touchante que la joie de le recevoir. Revenez-y encore, c'est un plaisir qui ne s'use point ; plus on le goûte, plus on se rend digne de le goûter : on s'accoutume à sa prospérité propre, et on y devient insensible ; mais on sent toujours la joie d'être l'auteur de la prospérité d'autrui : chaque bienfait porte avec lui ce tribut doux et secret dans notre âme : le long usage, qui endurcit le cœur à tous les plaisirs, le rend ici tous les jours plus sensible. »

Vous trouverez à chaque page, dans le Petit
Carême, des morceaux de ce genre. La dignité du
ministère évangélique, dit M. de La Harpe, y est
toujours tempérée par une douceur que permettoit
l'âge du prince à qui l'orateur parloit. Les vérités
les plus importantes y sont exposées avec un courage qui ne dissimule rien, et revêtues d'un charme
qui ne permet pas de les repousser. En un mot, la
religion et l'humanité n'eurent jamais une voix
plus noble et plus tendre.

Mais il faut bien se garder de croire que le Petit
Carême soit le seul chef-d'œuvre de Massillon :
presque tous ses grands sermons sont des chefs-
d'œuvre.

Partout son éloquence est pleine de force, de
noblesse et d'onction. Pour nous ramener, il pé-
nètre jusqu'au fond de notre cœur, il nous le montre tel qu'il est ; et nous nous condamnons nous-
mêmes. Il nous confond, et nous console tour-à-
tour. Aux tableaux les plus énergiques et les plus
effrayants, il oppose les peintures les plus séduisantes du bonheur que l'on trouve dans la pratique
des vertus. En insistant sur ce qu'il dit, en le présentant sous toutes les faces, il captive notre attention, il nous éclaire, et détruit toutes nos objections.

Son style est toujours pur, harmonieux et facile.

15

Quelquefois même, il lui échappe, soit dans les expressions, soit dans les tours, des négligences que l'on peut appeler heureuses. Cet abandon, qui éloigne tout soupçon de travail, fait qu'il nous persuade plus facilement. On voit que la seule conviction des vérités qu'il annonce, que le seul désir de notre bonheur, lui font prendre la parole.

Quoique le style sublime soit le style dominant des tragédies, il s'y trouve aussi beaucoup de passages de style tempéré.

Dans Andromaque, lorsque Pyrrhus fait envisager à cette princesse qu'il pourroit bien un jour relever les murs de Troie, et y couronner Astyanax, Andromaque lui répond:

Seigneur, tant de grandeurs ne nous touchent plus guère;
Je les lui promettois tant qu'a vécu son père.
Non, vous n'espérez plus de nous revoir encor,
Sacrés murs que n'a pu conserver mon Hector!
A de moindres faveurs des malheureux prétendent,
Seigneur, c'est un exil que mes pleurs vous demandent;
Souffrez que, loin des grecs, et même loin de vous,
J'aille cacher mon fils, et pleurer mon époux.

Le malheur peut-il avoir un accent plus naturel et plus touchant. Cette apostrophe: *Non, vous n'espérez plus,* etc., est une des plus belles que l'on puisse citer.

Dans un autre endroit de la même tragédie, Andromaque, après avoir inutilement employé les plus vives prières pour fléchir Pyrrhus, finit par lui dire, en se jetant à ses pieds :

Seigneur, voyez l'état où vous me réduisez :
J'ai vu mon père mort et nos murs embrasés ;
J'ai vu trancher les jours de ma famille entière,
Et mon époux sanglant, traîné dans la poussière,
Son fils, seul avec moi, réservé pour les fers :
Mais que ne peut un fils ! Je respire, je sers.
J'ai fait plus ; je me suis quelquefois consolée
Qu'ici plutôt qu'ailleurs le sort m'eût exilée ;
Qu'heureux dans son malheur le fils de tant de rois,
Puisqu'il devoit servir, fût tombé sous vos lois :
J'ai cru que sa prison deviendroit son asile.
Jadis Priam soumis fut respecté d'Achille :
J'attendois de son fils encor plus de bonté.
Pardonne, cher Hector ! à ma crédulité :
Je n'ai pu soupçonner ton ennemi d'un crime ;
Malgré lui-même enfin je l'ai cru magnanime.
Ah ! s'il l'étoit assez pour nous laisser du moins
Au tombeau qu'à ta cendre ont élevé mes soins ;
Et que, finissant là sa haine et nos misères,
Il ne séparât point des dépouilles si chères !

Peut-on s'humilier avec plus de noblesse?

Quelle générosité noble et douce dans ce discours d'Iphigénie à Achille :

Seigneur, je vous présente une jeune princesse :
Le ciel a sur son front imprimé sa noblesse.
De larmes tous les jours ses yeux sont arrosés :
Vous savez ses malheurs, vous les avez causés.
Je lui prête ma voix, je ne puis davantage.
Vous seul pouvez, seigneur, détruire votre ouvrage.
Elle est votre captive ; et ses fers que je plains,
Quand vous l'ordonnerez, tomberont de ses mains.
Commencez donc par-là cette heureuse journée.
Qu'elle puisse à nous voir n'être plus condamnée.
Montrez que je vais suivre au pied de nos autels
Un roi qui, non content d'effrayer les mortels,
A des embrasements ne borne point sa gloire,
Laisse aux pleurs d'une épouse attendrir sa victoire,
Et, par les malheureux quelquefois désarmé,
Sait imiter en tout les dieux qui l'ont formé.

(Iphigénie, acte 3, sc. 4).

Toutes les fois que je lis ces vers, je crois vous
entendre.

Personne n'a mieux saisi ni mieux tracé que
Racine le véritable caractère des femmes. Celles
qu'il a mises sur la scène suffiroient pour l'immortaliser. Elles ont un courage, une dignité, qui
nous frappent sans nous éblouir ; une noblesse,
une candeur, une modestie, qui nous charment.
Leurs sentiments sont toujours naturels, leur langage est toujours délicat et simple. Elles ne nous

étonnent pas, mais elles nous plaisent et nous intéressent.

La superiorité de Racine en ce genre n'est pas d'ailleurs la seule. Si Corneille est au-dessus de lui pour l'élévation, il est au-dessus de Corneille pour la profondeur et la vérité. Je ne parle ici qu'en général ; car plusieurs critiques placent Athalie avant Horace et Cinna, en observant toutefois que ces derniers chefs-d'œuvre ont précédé le premier.

Quant au style, Racine est regardé comme le modèle le plus parfait que nous ayons pour la pureté, la noblesse et la grâce.

LETTRE XLI.

RÉFLEXIONS SUR LES LETTRES PRÉCÉDENTES.

Il est un moyen bien simple d'éviter les différents défauts dont je vous ai parlé dans ces lettres, c'est de se rappeler toujours ces deux préceptes :

Rien n'est beau que le vrai, le vrai seul est aimable.

(Boileau).

Ne forçons pas notre talent,
Nous ne ferions rien avec grâce.

(La Fontaine).

On doit aussi bien choisir ses lectures, c'est-à-dire, se borner d'abord aux écrivains classiques. De cette manière, on s'accoutume au vrai. Quand on lit ensuite des écrivains d'un ordre inférieur, on s'aperçoit aisément de leurs défauts; parce qu'ils choquent un esprit qui n'a pas l'habitude de les rencontrer. Si l'on commençoit, au contraire, par ces derniers, on pourroit se gâter le goût, et pour le rectifier, il faudroit beaucoup de réflexions.

La lecture du Télémaque est celle qui convient le mieux à des jeunes personnes. Rien n'est plus propre à nous accoutumer à une expression riche, élégante et facile.

L'imagination de Fénélon est un trésor inépuisable. Tout s'embellit sous sa plume. Il a su donner à notre langue une flexibilité dont on ne la croyoit pas susceptible ; il a su prêter à la prose le charme de la poésie ; et son style enchanteur est si coulant, si naturel et si simple, que l'on oublie entièrement l'auteur.

Ces remarques, Mademoiselle, sont les dernières que j'avois à vous communiquer. Elles terminent une correspondance qui justifiera peut-être la crainte où j'étois en la commençant. Mais je n'aurai rien à me reprocher ; car j'ai fait tout ce qui dépendoit de moi pour la rendre agréable. Cette pensée sera du moins une consolation, si je n'ai pas eu le bonheur de réussir.

Daignez agréer, Mademoiselle, l'hommage respectueux de votre très-humble et très-obéissant serviteur.

TABLE.

1752